O ALIENISTA

Machado de Assis

O Alienista

Com textos de:
Claudio Blanc
João Cezar de Castro Rocha
Marcella Abboud

SABEDORIA PORTÁTIL

Copyright © *O Alienista*
Copyright © Editora Planeta do Brasil, 2022

Grafia atualizada segundo o Acordo Ortográfico da Língua Portuguesa de 1990, que entrou em vigor no Brasil em 2009

Todos os direitos reservados
Título original: *O Alienista*

Texto-base: disponibilizado pelo Ministério da Cultura, Fundação Biblioteca Nacional, Departamento Nacional do Livro por meio do site dominiopublico.gov.br

Notas e comentários: Claudio Blanc
Edição: Fernanda Emediato
Preparação: Josias A. de Andrade
Revisão: Fernanda França
Capa, projeto gráfico e diagramação: Alan Maia

Dados Internacionais de Catalogação na Publicação (CIP)
Angélica Ilacqua CRB-8 7057

Assis, Machado de, 1839-1908
   O Alienista / Machado de Assis. - São Paulo : Planeta do Brasil, 2022.
   144 p.

   ISBN: 978-65-5535-922-0

   1. Ficção brasileira I. Título

22-3827   CDD B869.3

Índice para catálogo sistemático:

1. Ficção brasileira

MISTO
Papel produzido a partir de fontes responsáveis
FSC® C019498

Ao escolher este livro, você está apoiando o manejo responsável das florestas do mundo

2022
Todos os direitos desta edição reservados à
EDITORA PLANETA DO BRASIL LTDA.
Rua Bela Cintra 986, 4º andar - Consolação
São Paulo - SP - CEP 01415-002
www.planetadelivros.com.br
faleconosco@editoraplaneta.com.br

Sumário

Um psiquiatra muito louco 7
Claudio Blanc

***O Alienista**: de médico e louco...* 21
João Cezar de Castro Rocha

I.	De como Itaguaí ganhou uma Casa de Orates	29
II.	Torrente de loucos	35
III.	Deus sabe o que faz!	41
IV.	Uma teoria nova	47
V.	O terror	53
VI.	A rebelião	69
VII.	O inesperado	79
VIII.	As angústias do boticário	85

IX.	Dois lindos casos	89
X.	A restauração	93
XI.	O assombro de Itaguaí	101
XII.	O final do § 4º	103
XIII.	Plus ultra!	111

Nota de Machado de Assis 119

Machado de Assis em imagens 120

Adaptações da obra de Machado de Assis 126

As obras de Machado de 1881 a 1908 128

Machado de Assis na sala de aula 129
Marcella Abboud

    O contexto de produção 129

    Vamos nos aprofundar no famoso
    conto *O Alienista* 130

    O Alienista nas provas de vestibular 133

    Conhecendo Machado de Assis e
    O Alienista através de uma videoaula 142

Referências bibliográficas 143

Um psiquiatra muito louco

Claudio Blanc[1]

O Alienista é uma obra repleta da ironia tão característica de Machado de Assis. Neste conto bem-humorado, Machado zomba da ciência, das convenções sociais, do protagonista, dos personagens e leva o leitor a refletir sobre o que, de fato, é ser "normal". O conto é uma crítica mordaz à ciência, à psicologia e à

---

[1] **Claudio Blanc** é filósofo, escritor, tradutor e editor, tendo colaborado em diversas publicações ao longo dos últimos vinte anos. É autor, entre outros, dos livros *Aquecimento Global e Crise Ambiental*, *Uma Breve História do Sexo*, *O Lado Negro da CIA* e *O Homem de Darwin*. Claudio Blanc também escreve sobre mitologia e tem produzido obras de reconto. Seu livro *De lenda em Lenda se Cruza Fronteiras* foi selecionado como "Altamente Recomendável" pela Fundação Nacional do Livro Infantil e Juvenil, e *Avantesmas*, finalista do Prêmio Jabuti 2015, foi escolhido pela Prefeitura de São Paulo/Secretaria Municipal de Educação para compor o Projeto Minha Biblioteca — Edição 2018. Além disso, assina, até o momento da publicação deste livro, a tradução de cinquenta obras nos mesmos campos de conhecimento sobre os quais escreve.

mentalidade padrão da sociedade, o senso comum. Machado de Assis denuncia a certeza científica, retrata o modo como os políticos se aproveitam de uma situação para proveito próprio e mostra como as pessoas podem ser manipuladas, levando a opinião pública a mudar de um lado para o outro.

O texto também revela o gênio de Machado de Assis, ao retratar as duas facetas de Simão Bacamarte: a pessoal e a pública. No desenrolar da trama usando a mente de Simão, Machado mostra ao leitor como o personagem se coloca diante das personalidades que o cercam. Um jogo entre o subjetivo e o objetivo que o autor explora de modo único.

QUEM É NORMAL?

Em *O Alienista*, Machado de Assis reflete sobre a relação entre loucura e controle social. A sociedade entende que as pessoas que apresentam um comportamento inconveniente, tido como malucos, ou com distúrbios mentais, devem ser controladas. Enquanto no Oriente os loucos são equiparados aos santos, ao longo da história ocidental a sociedade adotou diversas medidas para lidar com as pessoas ou com distúrbios psíquicos, sempre drásticas.

Na Europa Medieval, pessoas com transtornos mentais eram proibidas de frequentar a igreja e, muitas vezes, eram açoitadas publicamente ou expulsas das cidades. Mercadores ou viajantes que passavam pelas aldeias e burgos eram pagos para levar os doentes mentais a locais distantes e lá os abandonar.

Em 1492, Sebastian Brant escreveu um poema chamado "A nave dos loucos" que ilustra uma prática comum de que a sociedade europeia de então lançava mão para se livrar dos indesejados: eles eram colocados em barcos e deixados à deriva nos rios do continente. No poema de Brant, o barco dos loucos navega através do rio Reno e dos canais flamengos, repleto de lunáticos, furiosos, bêbados, turbulentos, depravados, ímpios, adúlteros, descontrolados etc. O pintor Hieronimus Bosch provavelmente se inspirou nesse poema quando pintou o quadro de mesmo nome.

No fim da Idade Média e durante o Renascimento, surgiram locais específicos para a detenção e isolamento de pessoas com transtornos psíquicos. A Inglaterra foi o primeiro país a prender os alienados em instituições destinadas a restringi-los, embora não fossem os únicos a serem recolhidos. Como forma de aumentar o controle social, independentemente da alienação mental, a partir de 1575 os ingleses passaram a construir casas de correção para punir os desocupados e socorrer os pobres.

Na França, a reclusão torna-se regra durante o século XVII. Em 1656, é inaugurado o Hospital Geral de Paris. Entre seus principais objetivos está

A Nave dos Loucos, do pintor Hieronymus Bosch (1450–1516)

Crédito: Hieronymus Bosch, Wikiart

combater a vadiagem. Era um esforço das classes estabelecidas da sociedade para controlar o mundo dos pobres. Desse modo, as colônias de leprosos, vazias desde o Renascimento, foram reativadas no século XVII para receber pessoas de ambos os sexos que viviam à margem da comunidade. Essas instituições acolhiam quem se apresentava de forma espontânea, pobres e necessitados que buscavam um alento para sua miséria, mas também quem era encaminhado pelas autoridades. Assim, esses locais foram ocupados por uma população constituída por doentes, destituídos, miseráveis, sem-teto, loucos, inválidos e moribundos.

Em Paris, no século XVII, foi aberto o Hospital da Salpêtrière, com a finalidade de deter pobres, mendigos, desocupados e marginais diversos que pudessem perturbar a ordem da cidade. Em seguida, sob a administração desse hospital, foram abertas várias casas destinadas a abrigar os pobres, mas também para receber detentos em geral, pessoas indesejáveis, cujo comportamento era considerado "anormal", que eram tiradas das ruas e lá recolhidas.

Com a industrialização e a demanda por trabalho, a desocupação se tornou crime. Da mesma maneira que os mentalmente perturbados, quem não trabalhava era internado nos asilos. A reclusão em asilos ou manicômios — seja de dementes, pacientes mentais, mendigos ou desocupados — é, portanto, ainda hoje um recurso para excluir os indesejáveis do convívio social.

É esse estado de coisas que Machado de Assis questiona. Por meio de seu conto *O Alienista*, o autor denuncia o poder atribuído ao médico para estabelecer e legitimar a exclusão de certas pessoas da vida em sociedade. Ao narrar os acontecimentos de Itaguaí, Machado deixa bem claro o poder do alienista investido de autoridade científica e sua intenção de promover o controle social, livrando-se daqueles que não se enquadram no comportamento tido como "normal". Mais que isso, ele questiona a razão do psiquiatra e o critério que determina quem é normal ou não. Afinal, se como diz o ditado, de louco todos temos um pouco, então como definir o que é normal?

MACHADO DE ASSIS: O BRUXO DA LITERATURA

Joaquim Maria Machado de Assis é o maior expoente das letras brasileiras e um dos maiores nomes da história da literatura mundial. Apelidado de O Bruxo do Cosme Velho — em referência à magia de seus textos e ao bairro em que ele morou durante muitos anos no Rio de Janeiro —, Machado é a maior influência dos escritores brasileiros do fim do século XIX e início do século XX e início do século XX, e sua obra é reconhecida e celebrada até no exterior.

Nascido no Rio de Janeiro em 1839, Machado era filho de um artesão negro e de uma lavadeira açoriana. Vivendo uma infância pobre, o menino Joaquim Maria ficou órfão muito cedo, e por isso foi obrigado a trocar os estudos pelo trabalho. Um dos seus empregos foi o de tipógrafo e revisor na Imprensa Nacional. Apesar de ter de trabalhar, Machado continuou a estudar por conta própria, e ainda adolescente revelou seu talento literário. Aos dezesseis anos publicou seus primeiros poemas, e aos dezenove, um ensaio sobre *O Passado, o Presente e o Futuro da Literatura*. A partir de 1860, aos vinte e um anos, tornou-se colunista regular dos jornais do Rio de Janeiro.

Em busca de estabilidade financeira, Machado se tornou funcionário público e assumiu um cargo no Ministério da Agricultura. Também se casou com uma senhora portuguesa de família bem estabelecida, Carolina Augusta Xavier de Novaes, quatro anos mais velha que ele. Com a vida assim arranjada, Machado continuou a se dedicar à carreira de escritor. Primeiro poeta, depois dramaturgo, o autor adotou o gênero romance apenas em 1871, quando lançou em folhetim a obra *Ressurreição*.

Machado de Assis sofria de epilepsia, e por volta dos 40 anos, seu estado de saúde se agravou. Em consequência disso, quase perdeu a visão. A crise parece ter provocado uma mudança radical em seu estilo, atitude e interesse. Com as *Memórias póstumas de Brás Cubas*, Machado se reinventa. A partir de então, suas obras constituem retratos psicológicos e sociais perfeitos de sua época. Nos vinte e cinco anos seguintes, Machado produziu os seis romances que o colocaram entre os maiores nomes da literatura universal, e também os famosos *Memórias Póstumas de Brás Cubas* (1881), *Casa Velha* (1885), *Quincas Borba* (1891), *Dom Casmurro* (1899), *Esaú e Jacó* (1904) e *Memorial de Aires* (1908).

Nesses romances e em seus contos, Machado expõe, com um cinismo e uma ironia característicos, a hipocrisia dos brasileiros do seu tempo. O Bruxo pinta seus retratos de um modo implacável, cético e com profundidade psicológica. Sua visão da mulher também merece destaque. As heroínas de Machado são diferentes daquelas que povoam a literatura do século XIX. As mulheres de seus contos e romances são, em geral, figuras fortes e engenhosas, especialmente quando comparadas com os homens irresponsáveis e tolos que aparecem em muitas das histórias.

Machado morreu em 1908, aos 68 anos, repleto de prestígio e reconhecimento, após percorrer uma história distante daquela vivida na infância, a do órfão pobre que lutava tanto para sobreviver e sonhava em vencer na vida.

AS DUAS ESCOLAS DE MACHADO

Machado de Assis pertenceu e influenciou duas escolas literárias importantes que dominaram o cenário da literatura no século XIX: o Romantismo, e depois de 1880, o Realismo. O Romantismo é anterior ao Realismo. Machado tomou parte da transição de uma corrente literária à outra, embora suas obras de maior impacto pertençam à fase realista.

ROMANTISMO

O Romantismo surgiu na Europa nas últimas décadas do século XVIII, como uma resposta ao racionalismo que dominara o mundo cultural nos cento e cinquenta anos anteriores. Desde o século XVII, a visão científica se fortalecia, transformando a maneira como homens e mulheres viam o mundo. As explicações religiosas cediam lugar às explicações dadas pela ciência. A filosofia e as artes se tornaram mais racionais. O Romantismo veio romper com isso.

O movimento romântico cultivou a subjetividade, a emoção e o "eu", o pessoal e o individual. Surgido inicialmente na Alemanha, o Romantismo ganhou corpo e forma na literatura dos séculos XVIII e XIX. Apesar do início alemão, a França viria a ser responsável pela disseminação dos ideais românticos.

As obras românticas são repletas de exageros. O gênio criador e renovador do artista é colocado acima de qualquer regra. Uma das principais características do Romantismo é o escapismo. O artista romântico escapa, por meio da imaginação criadora, para os universos criados em sua mente, imaginados, geralmente, no passado, em terras exóticas e distantes. A fuga é repleta de angústia e desesperança, levando o personagem a desejar a morte.

A valorização do mistério é outra marca da arte romântica. Esse senso de sobrenatural leva diversos autores românticos a buscarem o sinistro, o terror e, paradoxalmente, a fé. Outra característica romântica é o subjetivismo. A consciência da solidão confere ao romântico um sentimento de inadequação, de deslocamento do mundo real, levando-o a buscar refúgio no próprio "eu".

Além disso, os autores românticos também colocavam sua arte a serviço das reformas políticas e sociais, levando-os a participar de movimentos contestadores e libertários, como foi a campanha abolicionista, defendida por autores como Bernardo Guimarães e Castro Alves.

Como na Europa, também no Brasil o Romantismo surgiu num momento de transição, numa época politicamente conturbada, carregada de lusofobia e de exaltação à pátria recém-libertada. Por causa disso, as obras românticas brasileiras valorizavam nosso passado histórico, a religiosidade católica, a natureza tropical e o cotidiano popular.

Após esse primeiro momento, o Romantismo continuou a se desenvolver, produzindo três fases, ou gerações. A primeira geração romântica é também chamada de Indianista ou Nacionalista, em virtude de os escritores dessa fase terem valorizado muito os temas nacionais, fatos históricos, o misticismo e a vida do índio. Os principais escritores dessa fase são José de Alencar, Gonçalves de Magalhães, Gonçalves Dias, Araújo Porto Alegre e Teixeira e Souza.

A segunda geração, a do Ultrarromantismo ou Mal do Século, explorava, principalmente, temas amorosos, cheios de pessimismo, de sentimentalismo e de obsessão pela morte. Muitas das histórias da segunda geração romântica se passam em ambientes fúnebres, escuros e misteriosos. Os principais autores brasileiros do Mal do Século são Álvares de Azevedo, Casimiro de Abreu, Fagundes Varela e Junqueira Freire.

A terceira geração de românticos brasileiros era chamada de Hugoana, por explorar temas sociais da mesma forma como o fez o escritor francês Victor Hugo; ou Condoreira, uma alusão ao condor, pássaro símbolo da liberdade tão ansiada por esses escritores. Com uma linguagem grandiloquente, carregada de figuras de linguagem, os escritores dessa geração usam a literatura para lutar por justiça social. O maior representante dessa geração, Castro Alves, inspirou-se no movimento abolicionista para construir sua obra.

O REALISMO

O Realismo abandona os ideais espirituais românticos e busca apresentar uma visão mais fiel da realidade — daí seu nome. Esse movimento se manifestou pela primeira vez na França por volta de 1850. Os romances, contos e poesias realistas abordavam dramas vividos por personagens que retratavam pessoas comuns enfrentando situações desafiadoras do cotidiano. Da França, esse movimento se estendeu por toda a Europa e Américas.

Ao buscar mostrar a realidade tal como é, os autores realistas adotam uma prosa muito objetiva, com uma linguagem mais próxima da usada pelas pessoas no dia a dia. Os autores realistas, como Machado de Assis, falam sobre a vida real e seus reveses. Também começam a dissecar a instituição política nacional. As histórias enfocam as atitudes das pessoas diante das circunstâncias e dificuldades impostas pelas estruturas sociais. O texto é preciso, enxuto, descritivo e, muitas vezes, explora os aspectos psicológicos dos personagens. Aliado ao humor e à ironia, podemos ver tudo isso em *O Alienista*.

No Brasil, o Realismo foi inaugurado em 1881, com o romance *Memórias Póstumas de Brás Cubas*, de Machado de Assis. Na versão brasileira do movimento, a prosa inclui algumas características da nossa cultura para refletir sobre a identidade nacional. Na ficção, Machado de Assis é o escritor que atinge o auge da prosa realista brasileira. Em seus textos, ele nos leva às salas e quartos das casas da classe média carioca do século XIX e nos mostra os dramas, a hipocrisia e a indiferença das pessoas tidas como "normais".

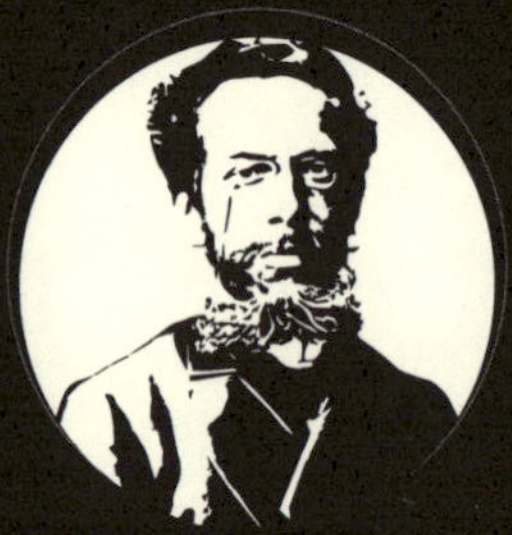

O Alienista: de médico e louco...

João Cezar de Castro Rocha[2]

UMA DECISÃO CORAJOSA

Machado de Assis nasceu no Rio de Janeiro em 1839 e muito jovem decidiu dedicar a vida à literatura. Decisão corajosa para alguém de origens modestas e, sobretudo, *sem dinheiro no banco, sem parentes importantes e vindo* do Morro do Livramento,[3] onde se localizava a chácara de sua madrinha, a rica viúva Dona Maria José de Mendonça Barroso Pereira.

O pai de Machado, José de Assis, era pintor de paredes, e sua mãe, Maria Leopoldina Machado da Câmara, lavadeira, mas contava com a proteção de Dona Maria José. Os pais de Machado, portanto,

---

[2] **João Cezar de Castro Rocha**, um dos maiores especialistas machadianos, é professor titular de Literatura Comparada da UERJ (Universidade do Estado do Rio de Janeiro) e escritor. Foi aluno de René Girard e orientado por Hans Ulrich Gumbrecht na Universidade Stanford.

[3] Você deve ter reconhecido, mas não custa lembrar: aproveito a letra da canção de Belchior, "Apenas um rapaz latino-americano".

viviam como agregados em sua chácara, vale dizer, eram dependentes da viúva. Aliás, a figura do agregado — uma pessoa livre porém pobre, e que, por isso, vivia à sombra dos poderosos — é uma personagem constante na ficção machadiana, especialmente em seus quatro primeiros romances.[4]

Após o falecimento de sua mãe, em 1849, o pai de Machado de Assis contraiu novas núpcias e os dois tiveram de deixar a chácara do Livramento.[5] Passaram a morar em São Cristóvão e não se sabe bem se o futuro escritor atendeu regularmente à escola formal. O mais provável é que tenha sido autodidata desde muito cedo. O mais importante: desde sempre Machado foi um leitor voraz.

Em 1855 publicou seus primeiros poemas na revista *Marmota Fluminense*, editada por uma pessoa incansável no estímulo a jovens talentosos, e pobres, que desejavam se projetar no universo das letras: Francisco de Paula Brito. Foram apenas as publicações iniciais! Machado nunca mais parou de escrever, exercitando sua vocação numa grande variedade de gêneros: poesia, conto, romance, crônica, crítica, teatro, além de uma nutrida correspondência. No ano em que faleceu, 1908, Machado de Assis publicou seu nono e último romance, *Memorial de Aires*.

---

[4] São eles: *Ressurreição* (1872); *A mão e a luva* (1874); *Helena* (1876) e *Iaiá Garcia* (1878).

[5] Em *Casa Velha*, novela publicada na revista *A Estação*, em capítulos de 1885 a 1886, Machado parece ter descrito a chácara de Dona Maria Mendonça. Deve-se à descoberta do texto e sua atribuição a Machado de Assis à excepcional crítica e estudiosa da obra machadiana, Lúcia Miguel Pereira.

Em outras palavras, Machado dedicou-se de corpo e alma à literatura, e, sobretudo, foi o mais agudo leitor de sua geração, tendo adquirido um conhecimento amplo e sólido da tradição literária, em geral, e da literatura brasileira, em particular.

MACHADO: SEMPRE MODERNO

Machado de Assis é nosso autor clássico por definição. Contudo, esse título, "autor clássico", costuma afastar o público leitor mais jovem, como se, por si só, essa distinção significasse que seu texto seria de difícil entendimento por pertencer necessariamente a outro tempo, o "passado", mundo com o qual perdemos contato e cujo idioma já não percebemos.

Nada mais distante da realidade no caso da obra machadiana, pois sua modernidade sempre surpreende!

No entanto, não confie em mim.

Façamos um teste?

A leitura é a prova dos nove, não é mesmo? Vamos abrir *O Alienista* e começar a ler juntos o texto:

> As crônicas da vila de Itaguaí dizem que em tempos remotos vivera ali um certo médico, o Dr. Simão Bacamarte, filho da nobreza da terra e o maior dos médicos do Brasil, de Portugal e das Espanhas.[6]

---

[6] Ver, neste livro, p. 29.

Nenhuma palavra preciosa, que obrigue a interromper a leitura para uma consulta de emergência ao dicionário. O vocabulário machadiano é o mesmo que usamos hoje em dia, sem dificuldade para a compreensão do sentido. Talvez o único uso que possa causar estranhamento é o plural em Espanha*s*. Nenhum bicho de sete cabeças: a trama de *O Alienista* se passa no século XVIII, período histórico no qual a Espanha possuía colônias em toda a América Latina, com exceção do Brasil, cuja metrópole era Portugal. Portanto, ser "o maior dos médicos das Espanha*s*" engloba Espanha e suas colônias.

E o que dizer da estrutura da frase? Ordem direta, inversão sintática alguma: sujeito, verbo e predicado, e nessa ordem prosaica. Uma frase que poderia ter sido escrita ontem, de tão moderna que soa a nossos ouvidos. Mattoso Câmara, o modernizador da disciplina Linguística no Brasil, observou com inteligência um traço definidor do estilo machadiano: a coloquialidade.[7] Isto é, o autor de *Dom Casmurro* escreveu num registro muito próximo à fala cotidiana. Em boa medida, é por isso que seu texto permanece moderno: é como se estivéssemos escutando a fala nossa de cada dia, nas ruas, nas escolas, no trabalho, nas casas.

Não exagero!

---

[7] Joaquim Mattoso Câmara Jr. "O coloquialismo de Machado de Assis". In: *Ensaios machadianos: língua e estilo*. Rio de Janeiro: Livraria Acadêmica, 1962, pp. 81-94.

Leiamos a sequência da abertura de *O Alienista*:

> Estudara em Coimbra e Pádua. Aos trinta e quatro anos regressou ao Brasil, não podendo el-rei alcançar dele que ficasse em Coimbra, regendo a universidade, ou em Lisboa, expedindo os negócios da monarquia.[8]

Frase alguma poderia ser mais moderna, atual — em latim, *hodiernus* quer dizer *do dia de hoje*. E veja que *O Alienista* foi publicado na revista *A Estação*, entre 15 de outubro de 1881 e 15 de março de 1882.

Reproduzi deliberadamente o parágrafo de abertura do texto para que se perca de imediato qualquer "receio" na leitura de um "autor clássico". Ele é assim considerado não porque o sentido de sua obra esteja fixado e canonizado, mas, muito pelo contrário, porque se trata de um texto cuja modernidade convida a leitora a atualizar suas possibilidades.

Exatamente o que ocorre com *O Alienista*.

Voltemos a nosso campo de testes: o texto. Eis a resposta do futuro médico psiquiatra (ou seja, alienista) às solicitações do rei de Portugal:

> — A ciência, disse ele a Sua Majestade, é o meu emprego único; Itaguaí é o meu universo.[9]

---

[8] Ver, neste livro, p. 29.

[9] Ver, neste livro, p. 30.

Essa resposta é pura diversão e se permita rir — rir muito.

Isso mesmo: *O Alienista* é um dos textos mais divertidos da literatura brasileira: ler com olhos livres as desventuras do Dr. Simão Bacamarte, o malogrado médico do conto, ilumina o humor que estrutura a narrativa.

ITAGUAÍ?!

No século XVIII, Itaguaí era uma vila modesta, modestíssima; aliás, o Brasil era colônia de Portugal e mesmo a cidade do Rio de Janeiro não passava de um entreposto litorâneo de recursos muito limitados. O rei ofereceu ao Dr. Bacamarte nada menos do que se tornar reitor da prestigiosa Universidade de Coimbra; ou, possibilidade ainda mais impressionante, assumir o posto de primeiro-ministro do reino. Qual a resposta do ilustre médico brasileiro? Ele recusou os honrosos convites, pois "a ciência é o meu universo". Perfeito: a vocação acadêmica falou mais alto. Contudo, a conclusão do raciocínio do futuro alienista não parece exatamente lógica: "Itaguaí é o meu universo". O riso nasce justamente da desproporção entre Coimbra, Lisboa e... Itaguaí. Especialmente no século XVIII.

Machado de Assis construiu o texto com base nesse tipo de desproporção lógica e inclusive emocional;

no fundo, a prosa do conto alinhava despropósitos em série, que levam a leitora a desconfiar do juízo do médico. A questão se torna puro riso se recordarmos que o Dr. Simão Bacamarte decidiu estudar a fundo a loucura; afinal, "a saúde da alma, bradou ele, é a ocupação mais digna do médico".[10]

O estilo machadiano brilha nos detalhes. Repare que o psiquiatra responsável pelo exame da "patologia cerebral",[11] ou seja, da loucura, comunicou sua decisão de um modo peculiar: *bradou ele*. Bradar quer dizer "gritar, falar em voz alta". Por que o Dr. Bacamarte teria gritado? Por que tal exaltação?

Algumas páginas adiante, o alienista definiu com precisão sua nova teoria: "A razão é o perfeito equilíbrio de todas as faculdades; fora daí insânia, insânia e só insânia".[12] De novo, a força da prosa machadiana se revela na astúcia da palavra. Se a "razão é o perfeito equilíbrio", bastava ter dito, uma única vez, "fora daí insânia" — e a serenidade do estilo corresponderia ao equilíbrio da razão. Porém, ao repetir a palavra três vezes, e com ênfase na última ocorrência — "fora daí insânia, insânia e *só insânia*" —, Machado coloca uma insistente pulga na orelha da leitora.

Repare bem: esse homem que brada e se exalta o tempo todo é o mesmo indivíduo que pretende

---

[10] Ver, neste livro, p. 31.

[11] Ver, neste livro, p. 31.

[12] Ver, neste livro, p. 51.

estudar a loucura... dos outros? Aliás, como se descobrirá nas páginas de *O Alienista*, de todos os outros...

Pois é: mais não devo dizer para não estragar o prazer da surpresa — e esta é uma das mais surpreendentes histórias imaginadas por Machado de Assis.

Mas não se esqueça: *O Alienista* é um dos textos mais divertidos da literatura brasileira e Machado de Assis continua sendo um autor atualíssimo.

Boa leitura!

I.
De como Itaguaí ganhou uma Casa de Orates[13]

As crônicas da vila de Itaguaí dizem que em tempos remotos vivera ali um certo médico, o **Dr. Simão Bacamarte**, filho da nobreza da terra e o maior dos médicos do Brasil, de Portugal e das Espanhas. Estudara em Coimbra e Pádua[14]. Aos trinta e quatro anos regressou ao Brasil, não podendo el-rei alcançar dele que ficasse em Coimbra, regendo a universidade, ou em Lisboa, expedindo os negócios da monarquia.

Simão Bacamarte

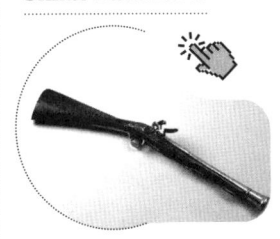

O nome escolhido por Machado para o protagonista desta história é extremamente irônico. Embora Simão não fosse incomum em sua época, Bacamarte é uma arma de fogo de cano largo e grande calibre muito usada entre os séculos XVIII e XIX.
© Wikimedia Commons

---

[13] Casas de loucos; hospício.

[14] Duas das mais antigas e prestigiosas universidades europeias. Coimbra foi fundada em 1290, e Pádua, em 1222. Eram universidades escolhidas pela elite brasileira para enviar os filhos. Bacamarte estudou não em uma, mas nas duas.

— A ciência, disse ele a Sua Majestade, é o meu emprego único; Itaguaí é o meu universo.

Dito isto, meteu-se em Itaguaí, e entregou-se de corpo e alma ao estudo da ciência, alternando as curas com as leituras, e demonstrando os teoremas com cataplasmas. Aos quarenta anos casou com D. Evarista da Costa e Mascarenhas, senhora de vinte e cinco anos, viúva de um juiz de fora, e não bonita nem simpática. Um dos tios dele, caçador de pacas perante o Eterno, e não menos franco, admirou-se de semelhante escolha e disse-lho. Simão Bacamarte explicou-lhe que D. Evarista reunia condições fisiológicas e anatômicas de primeira ordem, digeria com facilidade, dormia regularmente, tinha bom pulso, e excelente vista; estava assim apta para dar-lhe filhos robustos, sãos e inteligentes. Se além dessas prendas, – únicas dignas da preocupação de um sábio, D. Evarista era mal composta de feições, longe de lastimá-lo, agradecia-o a Deus, porquanto não corria o risco de preterir os interesses da ciência na contemplação exclusiva, miúda e vulgar da consorte.

D. Evarista mentiu às esperanças do Dr. Bacamarte, não lhe deu filhos robustos nem mofinos. A índole natural da ciência é a longanimidade; o nosso médico esperou três anos, depois quatro, depois cinco. Ao cabo desse tempo fez um estudo profundo da matéria, releu todos os escritores árabes e outros, que trouxera para Itaguaí, enviou consultas às universidades italianas e alemãs, e acabou por aconselhar à mulher um regime alimentício especial. A ilustre dama, nutrida exclusivamente com a bela carne de porco de Itaguaí, não atendeu às admoestações do esposo; e à sua resistência, — explicável, mas inqualificável, — devemos a total extinção da dinastia dos Bacamartes.

Mas a ciência tem o inefável dom de curar todas as mágoas; o nosso médico mergulhou inteiramente no estudo e na prática da medicina. Foi então que um dos recantos desta lhe chamou especialmente a atenção, — o recanto psíquico, o exame da patologia cerebral. Não havia na colônia, e ainda no reino, uma só autoridade em semelhante matéria, mal-explorada, ou quase inexplorada. Simão Bacamarte compreendeu que a ciência lusitana, e particularmente a brasileira, podia cobrir-se de "louros imarcescíveis", — expressão usada por ele mesmo, mas em um arroubo de intimidade doméstica; exteriormente era modesto, segundo convém aos sabedores.

— A saúde da alma, bradou ele, é a ocupação mais digna do médico.

— Do verdadeiro médico, emendou Crispim Soares, boticário da vila, e um dos seus amigos e comensais.

A vereança de Itaguaí, entre outros pecados de que é arguida pelos cronistas, tinha o de não fazer caso dos dementes. Assim é que cada louco furioso era trancado em uma alcova, na própria casa, e, não curado, mas descurado, até que a morte o vinha defraudar do benefício da vida; os mansos andavam à solta pela rua. Simão Bacamarte entendeu desde logo reformar tão ruim costume; pediu licença à câmara para agasalhar e tratar no edifício que ia construir todos os loucos de Itaguaí e das demais vilas e cidades, mediante um estipêndio, que a câmara lhe daria quando a família do enfermo o não pudesse fazer. A proposta excitou a curiosidade de toda a vila, e encontrou grande resistência, tão certo é que dificilmente se desarraigam hábitos absurdos, ou ainda maus. A ideia de meter os loucos na mesma casa, vivendo em comum, pareceu em si mesma um sintoma de demência, e não faltou quem o insinuasse à própria mulher do médico.

— Olhe, D. Evarista, disse-lhe o padre Lopes, vigário do lugar, veja se seu marido dá um passeio ao Rio de Janeiro. Isso de estudar sempre, sempre, não é bom, vira o juízo.

D. Evarista ficou aterrada, foi ter com o marido, disse-lhe "que estava com desejos", um principalmente, o de vir ao Rio de Janeiro e comer tudo o que a ele lhe parecesse adequado a certo fim. Mas aquele grande homem, com a rara sagacidade que o distinguia, penetrou a intenção da esposa e redarguiu-lhe sorrindo que não tivesse medo. Dali foi à câmara, onde os vereadores debatiam a proposta, e defendeu-a com tanta eloquência, que a maioria resolveu autorizá-lo ao que pedira, votando ao mesmo tempo um imposto destinado a subsidiar o tratamento, alojamento e mantimento dos doidos pobres. A matéria do imposto não foi fácil achá-la; tudo estava tributado em Itaguaí. Depois de longos estudos, assentou-se em permitir o uso de dois penachos nos cavalos dos enterros. Quem quisesse emplumar os cavalos de um coche mortuário pagaria dois tostões à câmara, repetindo-se tantas vezes esta quantia quantas fossem as horas decorridas entre a do falecimento e a da última bênção na sepultura. O escrivão perdeu-se nos cálculos aritméticos do rendimento possível da nova taxa; e um dos vereadores, que não acreditava na empresa do médico, pediu que se relevasse o escrivão de um trabalho inútil.

— Os cálculos não são precisos, disse ele, porque o Dr. Bacamarte não arranja nada. Quem é que viu agora meter todos os doidos dentro da mesma casa?

Enganava-se o digno magistrado; o médico arranjou tudo. Uma vez empossado da licença começou logo a construir a casa. Era na rua Nova, a mais bela rua de Itaguaí naquele tempo, tinha cinquenta janelas por lado, um pátio no centro, e numerosos cubículos para os hóspedes. Como fosse grande arabista, achou no Corão que Maomé declara veneráveis os doidos, pela consideração de que Alá[15] lhes tira o juízo para que não pequem. A ideia pareceu-lhe bonita e profunda, e ele a fez gravar no frontispício da casa; mas, como tinha

---

[15] Ao longo do texto, Machado faz indicações de que Simão Bacamarte era um arabista, um estudioso da cultura árabe.

medo ao vigário, e por tabela ao bispo, atribuiu o pensamento a **Benedito VIII**, merecendo com essa fraude, aliás pia, que o padre Lopes lhe contasse, ao almoço, a vida daquele pontífice eminente.

A Casa Verde foi o nome dado ao asilo, por alusão à cor das janelas, que pela primeira vez apareciam verdes em Itaguaí. Inaugurou-se com imensa pompa; de todas as vilas e povoações próximas, e até remotas, e da própria cidade do Rio de Janeiro, correu gente para assistir às cerimônias, que duraram sete dias. Muitos dementes já estavam recolhidos; e os parentes tiveram ocasião de ver o carinho paternal e a caridade cristã com que eles iam ser tratados. D. Evarista, contentíssima com a glória do marido, vestira-se luxuosamente, cobriu-se de joias, flores e sedas. Ela foi uma verdadeira rainha naqueles dias memoráveis; ninguém deixou de ir visitá-la duas e três vezes, apesar dos costumes caseiros e recatados do século, e não só a cortejavam como a louvavam; porquanto, — e este fato é um documento altamente honroso para a sociedade do tempo, — porquanto viam nela a feliz esposa de um alto espírito, de um varão ilustre, e, se lhe tinham inveja, era a santa e nobre inveja dos admiradores.

Ao cabo de sete dias expiraram as festas públicas; Itaguaí tinha finalmente uma casa de Orates.

Benedito VIII

Papa entre 1012 e 1024, usou força bélica para conseguir seus objetivos, promovendo diversas campanhas militares. Foi ele quem tornou obrigatório o celibato para os padres.
© Wikimedia.Commons

II.
Torrente de loucos

Três dias depois, numa expansão íntima com o boticário Crispim Soares, desvendou o alienista o mistério do seu coração.

— A caridade, Sr. Soares, entra decerto no meu procedimento, mas entra como tempero, como o sal das coisas, que é assim que interpreto o dito de S. Paulo aos coríntios: "Se eu conhecer quanto se pode saber, e não tiver caridade, não sou nada". O principal nesta minha obra da Casa Verde é estudar profundamente a loucura, os seus diversos graus, classificar-lhe os casos, descobrir enfim a causa do fenômeno e o remédio universal. Este é o mistério do meu coração. Creio que com isto presto um bom serviço à humanidade.

— Um excelente serviço, corrigiu o boticário.

— Sem este asilo, continuou o alienista, pouco poderia fazer; ele dá-me, porém, muito maior campo aos meus estudos.

— Muito maior, acrescentou o outro.

E tinham razão. De todas as vilas e arraiais vizinhos afluíam loucos à Casa Verde. Eram furiosos, eram mansos, eram monomaníacos, era toda a família dos deserdados do espírito. Ao cabo de quatro meses, a Casa Verde era uma povoação. Não bastaram os primeiros cubículos; mandou-se anexar uma galeria de mais trinta e sete. O padre Lopes confessou que não imaginara a existência de tantos doidos no mundo, e menos ainda o inexplicável de alguns casos. Um, por exemplo, um rapaz bronco e vilão, que todos os dias, depois do almoço, fazia regularmente um discurso acadêmico, ornado de tropos, de antíteses, de apóstrofes, com seus recamos de grego e latim, e suas borlas de **Cícero**, **Apuleio** e **Tertuliano**. O vigário não queria acabar de crer. Quê! um rapaz que ele vira, três meses antes, jogando peteca na rua!

— Não digo que não, respondia-lhe o alienista; mas a verdade é o que Vossa Reverendíssima está vendo. Isto é todos os dias.

— Quanto a mim, tornou o vigário, só se pode explicar pela confusão das línguas na torre de Babel, segundo nos

Cícero, Apuleio e Tertuliano

Os romanos Marco Túlio Cícero (106 – 43 a.C.), Apuleio (125 – 170 d.C.) e Tertuliano (160 – 220 d.C.) estão entre os maiores oradores da Antiguidade.
© Wikimedia.Commons

conta a **Escritura**; provavelmente, confundidas antigamente as línguas, é fácil trocá-las agora, desde que a razão não trabalhe...

— Essa pode ser, com efeito, a explicação divina do fenômeno, concordou o alienista, depois de refletir um instante, mas não é impossível que haja também alguma razão humana, e puramente científica, e disso trato...

— Vá que seja, e fico ansioso. Realmente!

Os loucos por amor eram três ou quatro, mas só dois espantavam pelo curioso do delírio. O primeiro, um Falcão, rapaz de vinte e cinco anos, supunha-se estrela-d'alva, abria os braços e alargava as pernas, para dar-lhes certa feição de raios, e ficava assim horas esquecidas a perguntar se o sol já tinha saído para ele recolher-se. O outro andava sempre, sempre, sempre, à roda das salas ou do pátio, ao longo dos corredores, à procura do fim do mundo. Era um desgraçado, a quem a mulher deixou por seguir um peralvilho. Mal descobrira a fuga, armou-se de uma garrucha, e saiu-lhes no encalço; achou-os duas horas depois, ao pé de uma lagoa, matou-os a ambos com os maiores requintes de crueldade. O ciúme satisfez-se, mas o vingado estava louco. E então começou aquela ânsia de ir ao fim do mundo à cata dos fugitivos.

Escritura

Em Gênesis 11:1-9, depois do Dilúvio, homens e mulheres, que até então falavam uma única língua, chegaram à terra de Sinar. Lá, decidiram construir uma torre tão alta que alcançasse o céu. Como punição pela ousadia, Deus confundiu sua fala para que não se entendessem mais e os dispersou pelo mundo, dando origem às diversas línguas dos povos.
© Wikimedia.Commons

A mania das grandezas tinha exemplares notáveis. O mais notável era um pobre-diabo, filho de um algibebe, que narrava às paredes (porque não olhava nunca para nenhuma pessoa) toda a sua genealogia, que era esta:

— Deus engendrou um ovo, o ovo engendrou a espada, a espada engendrou Davi, Davi engendrou a púrpura, a púrpura engendrou o duque, o duque engendrou o marquês, o marquês engendrou o conde, que sou eu.

Dava uma pancada na testa, um estalo com os dedos, e repetia cinco, seis vezes seguidas:

— Deus engendrou um ovo, o ovo etc.

Outro da mesma espécie era um escrivão, que se vendia por mordomo do rei; outro era um boiadeiro de Minas, cuja mania era distribuir boiadas a toda a gente, dava trezentas cabeças a um, seiscentas a outro, mil e duzentas a outro, e não acabava mais. Não falo dos casos de monomania religiosa; apenas citarei um sujeito que, chamando-se João de Deus, dizia agora ser o deus João, e prometia o reino dos céus a quem o adorasse, e as penas do inferno aos outros; e depois desse, o licenciado Garcia, que não dizia nada, porque imaginava que no dia em que chegasse a proferir uma só palavra, todas as estrelas se despegariam do céu e abrasariam a terra; tal era o poder que recebera de Deus.

Assim o escrevia ele no papel que o alienista lhe mandava dar, menos por caridade do que por interesse científico.

Que, na verdade, a paciência do alienista era ainda mais extraordinária do que todas as manias hospedadas na Casa Verde; nada menos que assombrosa. Simão Bacamarte começou por organizar um pessoal de administração; e, aceitando essa ideia ao boticário Crispim Soares, aceitou-lhe também dois sobrinhos, a quem incumbiu da execução de um regimento que lhes deu, aprovado pela câmara, da distribuição da comida e da roupa, e assim também na escrita, etc. Era o melhor que podia fazer, para somente cuidar do seu ofício. — A Casa Verde, disse ele ao vigário, é agora uma espécie de mundo, em que há o governo temporal e o governo *espiritual*. E o padre Lopes ria deste pio trocado, — e acrescentava, — com o único fim de dizer também uma chalaça:[16] — Deixe estar, deixe estar, que hei de mandá-lo denunciar ao papa.

Uma vez desonerado da administração, o alienista procedeu a uma vasta classificação dos seus enfermos. Dividiu-os primeiramente em duas classes principais: os furiosos e os mansos; daí passou às subclasses, monomanias, delírios, alucinações diversas. Isto feito, começou um estudo aturado e contínuo; analisava os hábitos de cada louco, as horas de acesso, as aversões, as simpatias, as palavras, os gestos, as tendências; inquiria da vida dos enfermos, profissão, costumes, circunstâncias da revelação mórbida, acidentes da infância e da mocidade,

---

[16] Piada; dito espirituoso; escárnio.

doenças de outra espécie, antecedentes na família, uma devassa, enfim, como a não faria o mais atilado corregedor. E cada dia notava uma observação nova, uma descoberta interessante, um fenômeno extraordinário. Ao mesmo tempo estudava o melhor regime, as substâncias medicamentosas, os meios curativos e os meios paliativos, não só os que vinham nos seus amados árabes, como os que ele mesmo descobria, à força de sagacidade e paciência. Ora, todo esse trabalho levava-lhe o melhor e o mais do tempo. Mal dormia e mal comia; e, ainda comendo, era como se trabalhasse, porque ora interrogava um texto antigo, ora ruminava uma questão, e ia muitas vezes de um cabo a outro do jantar sem dizer uma só palavra a D. Evarista.

III.
Deus sabe o que faz!

A ilustre dama, no fim de dois meses, achou-se a mais desgraçada das mulheres; caiu em profunda melancolia, ficou amarela, magra, comia pouco e suspirava a cada canto. Não ousava fazer-lhe nenhuma queixa ou reproche[17], porque respeitava nele o seu marido e senhor, mas padecia calada, e definhava a olhos vistos. Um dia, ao jantar, como lhe perguntasse o marido o que é que tinha, respondeu tristemente que nada; depois atreveu-se um pouco, e foi ao ponto de dizer que se considerava tão viúva como dantes. E acrescentou:

— Quem diria nunca que meia dúzia de lunáticos...

Não acabou a frase; ou antes, acabou-a levantando os olhos ao teto, — os olhos, que eram a sua

---
[17] No final do livro, Machado faz uma nota justificando o uso da palavra. Ver página 119.

feição mais insinuante, — negros, grandes, lavados de uma luz úmida, como os da aurora. Quanto ao gesto, era o mesmo que empregara no dia em que Simão Bacamarte a pediu em casamento. Não dizem as crônicas se D. Evarista brandiu aquela arma com o perverso intuito de degolar de uma vez a ciência, ou, pelo menos, decepar-lhe as mãos; mas a conjetura é verossímil. Em todo caso, o alienista não lhe atribuiu outra intenção. E não se irritou o grande homem, não ficou sequer consternado. O metal de seus olhos não deixou de ser o mesmo metal, duro, liso, eterno, nem a menor prega veio quebrar a superfície da fronte quieta como a água de Botafogo. Talvez um sorriso lhe descerrou os lábios, por entre os quais filtrou esta palavra macia como o óleo do **_Cântico_**:

— Consinto que vás dar um passeio ao Rio de Janeiro.

D. Evarista sentiu faltar-lhe o chão debaixo dos pés. Nunca dos nuncas vira o Rio de Janeiro, que posto não fosse sequer uma pálida sombra do que hoje é, todavia era alguma coisa mais do que Itaguaí. Ver o Rio de Janeiro, para ela, equivalia ao sonho do hebreu cativo[18].

Machado está se referindo ao *Cântico dos Cânticos*, um dos livros do Antigo Testamento. O livro celebra o amor entre o homem e a mulher e usa o nome dos bálsamos e óleos perfumados para se referir aos amantes.
© Wikimedia.Commons

---

[18] Uma das muitas referências bíblicas que Machado faz em *O Alienista*. Entre 597 e 538 a.C., os hebreus foram exilados na Babilônia por Nabucodonosor II e sonhavam com o retorno à sua terra. Dona Evarista sente o mesmo com relação ao Rio de Janeiro.

Agora, principalmente, que o marido assentara de vez naquela povoação interior, agora é que ela perdera as últimas esperanças de respirar os ares da nossa boa cidade; e justamente agora é que ele a convidava a realizar os seus desejos de menina e moça. D. Evarista não pôde dissimular o gosto de semelhante proposta. Simão Bacamarte pegou-lhe na mão e sorriu, — um sorriso tanto ou quanto filosófico, além de conjugal, em que parecia traduzir-se este pensamento: — "Não há remédio certo para as dores da alma; esta senhora definha, porque lhe parece que a não amo; dou-lhe o Rio de Janeiro, e consola-se". E porque era homem estudioso tomou nota da observação.

Mas um dardo atravessou o coração de D. Evarista. Conteve-se, entretanto; limitou-se a dizer ao marido, que, se ele não ia, ela não iria também, porque não havia de meter-se sozinha pelas estradas.

— Irá com sua tia, redarguiu o alienista.

Note-se que D. Evarista tinha pensado nisso mesmo; mas não quisera pedi-lo nem insinuá-lo, em primeiro lugar porque seria impor grandes despesas ao marido, em segundo lugar porque era melhor, mais metódico e racional que a proposta viesse dele.

— Oh! mas o dinheiro que será preciso gastar! suspirou D. Evarista sem convicção.

— Que importa? Temos ganho muito, disse o marido. Ainda ontem o escriturário prestou-me contas. Queres ver?

E levou-a aos livros. D. Evarista ficou deslumbrada. Era uma via láctea de algarismos. E depois levou-a às arcas, onde estava o dinheiro.

Deus! eram montes de ouro, eram mil cruzados sobre mil cruzados, dobrões sobre dobrões; era a opulência.

Enquanto ela comia o ouro com os seus olhos negros, o alienista fitava-a, e dizia-lhe ao ouvido com a mais pérfida das alusões:

— Quem diria que meia dúzia de lunáticos...

D. Evarista compreendeu, sorriu e respondeu com muita resignação:

— Deus sabe o que faz!

Três meses depois efetuava-se a jornada. D. Evarista, a tia, a mulher do boticário, um sobrinho deste, um padre que o alienista conhecera em Lisboa, e que de aventura achava-se em Itaguaí, cinco ou seis pajens, quatro mucamas, tal foi a comitiva que a população viu dali sair em certa manhã do mês de maio. As despedidas foram tristes para todos, menos para o alienista. Conquanto as lágrimas de D. Evarista fossem abundantes e sinceras, não chegaram a abalá-lo. Homem de ciência, e só de ciência, nada o consternava fora da ciência; e se alguma coisa o preocupava naquela ocasião, se ele deixava correr pela multidão um olhar inquieto e policial, não era outra coisa mais do que a ideia de que algum demente podia achar-se ali misturado com a gente de juízo.

— Adeus! soluçaram enfim as damas e o boticário. E partiu a comitiva. Crispim Soares, ao tornar a casa, trazia os olhos entre as duas orelhas da besta ruana em que vinha montado; Simão Bacamarte alongava os seus pelo horizonte adiante, deixando ao cavalo a responsabilidade do regresso. Imagem vivaz do gênio e do vulgo! Um fita o presente, com todas as suas lágrimas e saudades, outro devassa o futuro com todas as suas **auroras**.

Auroras

Alusão ao *Dom Quixote*, de Miguel de Cervantes. Nesta cena, Machado coloca Crispim Soares na posição do escudeiro Sancho e Simão Bacamarte na de Dom Quixote.
© Wikimedia.Commons

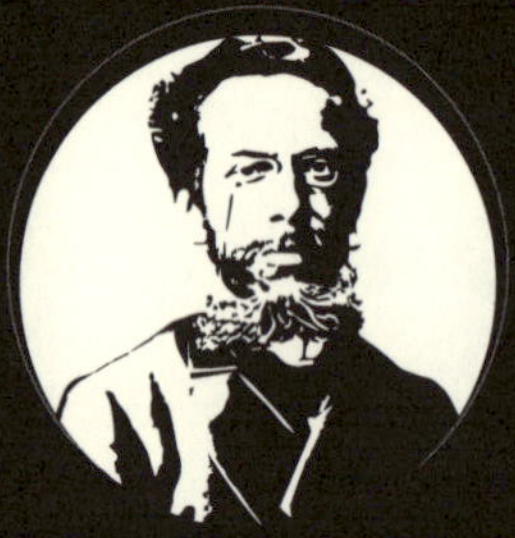

IV.
Uma teoria nova

Ao passo que D. Evarista, em lágrimas, vinha buscando o Rio de Janeiro, Simão Bacamarte estudava por todos os lados uma certa ideia arrojada e nova, própria a alargar as bases da psicologia. Todo o tempo que lhe sobrava dos cuidados da Casa Verde, era pouco para andar na rua, ou de casa em casa, conversando as gentes, sobre trinta mil assuntos, e virgulando as falas de um olhar que metia medo aos mais heroicos.

Um dia de manhã, — eram passadas três semanas, — estando Crispim Soares ocupado em temperar um medicamento, vieram dizer-lhe que o alienista o mandava chamar.

— Trata-se de negócio importante, segundo ele me disse, acrescentou o portador.

Crispim empalideceu. Que negócio importante podia ser, se não alguma triste notícia da comitiva, e especialmente da mulher? Porque este tópico deve ficar claramente definido, visto insistirem nele os cronistas: Crispim amava a mulher, e, desde trinta anos, nunca estiveram separados um só dia. Assim se explicam os monólogos que ele fazia agora, e que os fâmulos lhe ouviam muita vez: — "Anda, bem feito, quem te mandou consentir na viagem de Cesária? Bajulador, torpe bajulador! Só para adular ao Dr. Bacamarte. Pois agora aguenta-te; anda, aguenta-te, alma de lacaio, fracalhão, vil, miserável. Dizes *amen* a tudo, não é? aí tens o lucro, biltre!" — E muitos outros nomes feios, que um homem não deve dizer aos outros, quanto mais a si mesmo. Daqui a imaginar o efeito do recado é um nada. Tão depressa ele o recebeu como abriu mão das drogas e voou à Casa Verde.

Simão Bacamarte recebeu-o com a alegria própria de um sábio, uma alegria abotoada de circunspecção até o pescoço.

— Estou muito contente, disse ele.

— Notícias do nosso povo? perguntou o boticário com a voz trêmula.

O alienista fez um gesto magnífico, e respondeu:

— Trata-se de coisa mais alta, trata-se de uma experiência científica. Digo experiência, porque não me atrevo a assegurar desde já a minha ideia; nem a ciência é outra coisa, Sr. Soares, senão uma investigação constante. Trata-se, pois, de uma experiência, mas uma experiência que vai mudar a face da terra. A loucura, objeto dos meus estudos, era até agora uma ilha perdida no oceano da razão; começo a suspeitar que é um continente.

Disse isto, e calou-se, para ruminar o pasmo do boticário. Depois explicou compridamente a sua ideia. No conceito dele a insânia abrangia uma vasta superfície de cérebros; e desenvolveu isto com grande cópia de raciocínios, de textos, de exemplos. Os exemplos achou-os na história e em Itaguaí; mas, como um raro espírito que era, reconheceu o perigo de citar todos os casos de Itaguaí, e refugiou-se na história. Assim, apontou com especialidade alguns personagens célebres. Sócrates, que tinha um demônio familiar[19], **Pascal**, que via um abismo à esquerda, Maomé, Caracala, Domiciano, Calígula etc.,[20] uma enfiada de casos e pessoas, em que de mistura vinham entidades odiosas, e entidades ridículas. E porque o boticário se admirasse de uma tal promiscuidade, o alienista disse-lhe que era tudo a mesma coisa, e até acrescentou sentenciosamente:

Blaise Pascal

Blaise Pascal (1623-1662), filósofo francês, autor de um dos mais importantes livros da história da Filosofia, *Pensamentos*. Pascal acreditava ver sempre um abismo do seu lado esquerdo, por conta de um acidente que sofrera na travessia de uma ponte sobre o rio Sena.
© Wikimedia Commons

---

[19] O filósofo grego Sócrates dizia que era orientado por uma *daemon*, uma espécie de gênio ou espírito interior que o orientava sobre as decisões mais adequadas a tomar.

[20] O profeta Maomé (c. 570-632) afirmava receber mensagens de Deus trazidas por um anjo. Os imperadores romanos Caracala (reinou de 211 a 217), Domiciano (reinou de 81 a 96) e Calígula (reinou de 37 a 41) estão entre os governantes mais sanguinários da antiga Roma.

— A ferocidade, Sr. Soares, é o grotesco a sério.

— Gracioso, muito gracioso! exclamou Crispim Soares levantando as mãos ao céu.

Quanto à ideia de ampliar o território da loucura, achou-a o boticário extravagante; mas a modéstia, principal adorno de seu espírito, não lhe sofreu confessar outra coisa além de um nobre entusiasmo; declarou-a sublime e verdadeira, e acrescentou que era "caso de matraca". Esta expressão não tem equivalente no estilo moderno. Naquele tempo, Itaguaí, que como as demais vilas, arraiais e povoações da colônia, não dispunha de imprensa, tinha dois modos de divulgar uma notícia: ou por meio de cartazes manuscritos e pregados na porta da câmara e da matriz; — ou por meio de matraca.

Eis em que consistia este segundo uso. Contratava-se um homem, por um ou mais dias, para andar as ruas do povoado, com uma matraca na mão.

De quando em quando tocava a matraca, reunia-se gente, e ele anunciava o que lhe incumbiam, — um remédio para sezões, umas terras lavradias, um soneto, um donativo eclesiástico, a melhor tesoura da vila, o mais belo discurso do ano, etc. O sistema tinha inconvenientes para a paz pública; mas era conservado pela grande energia de divulgação que possuía. Por exemplo, um dos vereadores, — aquele justamente que mais se opusera à criação da Casa Verde, — desfrutava a reputação de perfeito educador de cobras e macacos, e aliás nunca domesticara um só desses bichos; mas, tinha o cuidado de fazer trabalhar a matraca todos os meses. E dizem as crônicas que algumas pessoas afirmavam ter visto cascavéis dançando no peito do vereador; afirmação perfeitamente falsa, mas só devida à absoluta confiança no sistema. Verdade, verdade; nem todas as instituições do antigo regime mereciam o desprezo do nosso século.

— Há melhor do que anunciar a minha ideia, é praticá-la, respondeu o alienista à insinuação do boticário.

E o boticário, não divergindo sensivelmente deste modo de ver, disse-lhe que sim, que era melhor começar pela execução.

— Sempre haverá tempo de a dar à **matraca**, concluiu ele.

Simão Bacamarte refletiu ainda um instante, e disse:

— Supondo o espírito humano uma vasta concha, o meu fim, Sr. Soares, é ver se posso extrair a pérola, que é a razão; por outros termos, demarquemos definitivamente os limites da razão e da loucura. A razão é o perfeito equilíbrio de todas as faculdades; fora daí insânia, insânia, e só insânia.

O vigário Lopes, a quem ele confiou a nova teoria, declarou lisamente que não chegava a entendê-la, que era uma

Matraca

Peça de madeira com uma plaqueta ou argola que se agita barulhentamente em torno de um eixo, usada pelos vendedores ambulantes para fazer barulho e chamar a atenção sobre seu produto. No sentido figurado, uma pessoa que fala muito; tagarela, fofoqueira. Aqui, Machado se refere ao falatório público.
© Reprodução

obra absurda, e, se não era absurda, era de tal modo colossal que não merecia princípio de execução.

— Com a definição atual, que é a de todos os tempos, acrescentou, a loucura e a razão estão perfeitamente delimitadas. Sabe-se onde uma acaba e onde a outra começa. Para que transpor a cerca?

Sobre o lábio fino e discreto do alienista roçou a vaga sombra de uma intenção de riso, em que o desdém vinha casado à comiseração; mas nenhuma palavra saiu de suas egrégias entranhas.

A ciência contentou-se em estender a mão à teologia, — com tal segurança, que a teologia não soube enfim se devia crer em si ou na outra. Itaguaí e o universo ficavam à beira de uma revolução.

V.
O terror[21]

Quatro dias depois, a população de Itaguaí ouviu consternada a notícia de que um certo Costa fora recolhido à Casa Verde.
— Impossível!
— Qual impossível! foi recolhido hoje de manhã.
— Mas, na verdade, ele não merecia... Ainda em cima! depois de tanto que ele fez...
Costa era um dos cidadãos mais estimados de Itaguaí. Herdara quatrocentos mil cruzados em boa moeda de el-rei **D. João V**, dinheiro cuja renda bastava, segundo lhe declarou o tio no testamento, para viver

D. João V

Rei de Portugal de 1707 a 1750, cujo reinado foi marcado pela abundância devido principalmente à extração de ouro e diamante das minas brasileiras.
© Wikimedia.Commons

---

[21] Machado faz correspondência entre os acontecimentos de Itaguaí e o período da Revolução Francesa chamado de Terror, devido às perseguições implacáveis.

"até o fim do mundo". Tão depressa recolheu a herança, como entrou a dividi-la em empréstimos, sem usura, mil cruzados a um, dois mil a outro, trezentos a este, oitocentos àquele, a tal ponto que, no fim de cinco anos, estava sem nada. Se a miséria viesse de chofre, o pasmo de Itaguaí seria enorme; mas veio devagar; ele foi passando da opulência à abastança, da abastança à mediania, da mediania à pobreza, da pobreza à miséria, gradualmente. Ao cabo daqueles cinco anos, pessoas que levavam o chapéu ao chão, logo que ele assomava no fim da rua, agora batiam-lhe no ombro, com intimidade, davam-lhe piparotes no nariz, diziam-lhe pulhas. E o Costa sempre lhano, risonho. Nem se lhe dava de ver que os menos corteses eram justamente os que tinham ainda a dívida em aberto; ao contrário, parece que os agasalhava com maior prazer, e mais sublime resignação. Um dia, como um desses incuráveis devedores lhe atirasse uma chalaça grossa, e ele se risse dela, observou um desafeiçoado, com certa perfídia: — "Você suporta esse sujeito para ver se ele lhe paga". Costa não se deteve um minuto, foi ao devedor e perdoou-lhe a dívida. — "Não admira, retorquiu o outro; o Costa abriu mão de uma estrela, que está no céu." Costa era perspicaz, entendeu que ele negava todo o merecimento ao ato, atribuindo-lhe a intenção de rejeitar o que não vinham meter-lhe na algibeira. Era também pundonoroso e inventivo; duas horas depois achou um meio de provar que lhe não cabia um tal labéu: pegou de algumas dobras, e mandou-as de empréstimo ao devedor.

"Agora espero que..." pensou ele sem concluir a frase.

Esse último rasgo do Costa persuadiu a crédulos e incrédulos; ninguém mais pôs em dúvida os sentimentos cavalheirescos daquele digno cidadão. As necessidades mais acanhadas saíram à rua, vieram bater-lhe à porta, com os seus chinelos velhos, com as suas capas remendadas. Um verme, entretanto, roía a alma do Costa: era o conceito do desafeto. Mas isso mesmo acabou; três meses depois veio este pedir-lhe uns cento e vinte cruzados com promessa de restituir-lhos daí a dois dias; era o resíduo da grande herança, mas era também uma nobre desforra: Costa emprestou o dinheiro logo, logo, e sem juros. Infelizmente não teve tempo de ser pago; cinco meses depois era recolhido à Casa Verde.

Imagina-se a consternação de Itaguaí, quando soube do caso. Não se falou em outra coisa, dizia-se que o Costa ensandecera, ao almoço, outros que de madrugada; e contavam-se os acessos, que eram furiosos, sombrios, terríveis, — ou mansos, e até engraçados, conforme as versões. Muita gente correu à Casa Verde, e achou o pobre Costa, tranquilo, um pouco espantado, falando com muita clareza, e perguntando por que motivo o tinham levado para ali. Alguns foram ter com o alienista. Bacamarte aprovava esses sentimentos de estima e compaixão, mas acrescentava que a ciência era a ciência, que ele não podia deixar na rua um mentecapto. A última pessoa que intercedeu por ele (porque depois do que vou contar ninguém mais se atreveu a procurar o terrível médico) foi uma pobre senhora, prima do Costa. O alienista disse-lhe confidencialmente que esse digno homem não estava no perfeito equilíbrio das faculdades mentais, à vista do modo como dissipara os cabedais que...

— Isso, não! isso não! interrompeu a boa senhora com energia. Se ele gastou tão depressa o que recebeu, a culpa não é dele.

— Não?

— Não, senhor. Eu lhe digo como o negócio se passou. O defunto meu tio não era mau homem; mas quando estava furioso era capaz de nem tirar o chapéu ao Santíssimo. Ora, um dia, pouco tempo antes de morrer, descobriu que um escravo lhe roubara um boi; imagine como ficou.

A cara era um pimentão; todo ele tremia, a boca escumava; lembra-me como se fosse hoje. Então um homem feio, cabeludo, em mangas de camisa, chegou-se a ele e pediu água. Meu tio (Deus lhe fale n'alma!) respondeu que fosse beber ao rio ou ao inferno. O homem olhou para ele, abriu a mão em ar de ameaça, e rogou esta praga: — "Todo o seu dinheiro não há de durar mais de sete anos e um dia, tão certo como isto ser o **_sino salamão_**!".

Sino salamão

Talismã para afastar o mal, tem forma semelhante à estrela de davi; seu nome evoca o rei Salomão.
© Wikimedia.Commons

E mostrou o *sino salamão* impresso no braço. Foi isto, meu senhor; foi esta praga daquele maldito.

Bacamarte espetara na pobre senhora um par de olhos agudos como punhais. Quando ela acabou, estendeu-lhe a mão polidamente, como se o fizesse à própria esposa do vice-rei, e convidou-a a ir falar ao primo. A mísera acreditou; ele levou-a à Casa Verde e encerrou-a na galeria dos alucinados.

A notícia desta aleivosia do ilustre Bacamarte lançou o terror à alma da população. Ninguém queria acabar de crer, que, sem motivo, sem inimizade, o alienista trancasse na Casa Verde uma senhora perfeitamente ajuizada, que não tinha outro crime senão o de interceder por um infeliz. Comentava-se o caso nas esquinas, nos barbeiros; edificou-se um romance, umas finezas namoradas que o alienista outrora dirigira à prima do Costa, a indignação do Costa e o desprezo da prima. E daí a vingança. Era claro. Mas a austeridade do alienista, a vida de estudos que ele levava, pareciam desmentir uma tal hipótese. Histórias! Tudo isso era naturalmente a capa do velhaco. E um dos mais crédulos chegou a murmurar que sabia de outras coisas, não as dizia, por não ter certeza plena, mas sabia, quase que podia jurar.

— Você, que é íntimo dele, não nos podia dizer o que há, o que houve, que motivo...

Crispim Soares derretia-se todo. Esse interrogar da gente inquieta e curiosa, dos amigos atônitos, era para ele uma consagração pública. Não havia duvidar; toda a povoação sabia enfim que o privado do alienista era ele, Crispim, o boticário, o colaborador do grande homem e das grandes coisas; daí a corrida à botica. Tudo isso dizia o carão jucundo e o riso discreto do boticário, o riso e o silêncio, porque ele não respondia nada; um, dois, três monossílabos, quando muito, soltos, secos, encapados no fiel sorriso, constante e miúdo, cheio de mistérios científicos, que ele não podia, sem desdouro nem perigo, desvendar a nenhuma pessoa humana.

— Há coisa, pensavam os mais desconfiados.

Um desses limitou-se a pensá-lo, deu de ombros e foi embora. Tinha negócios pessoais. Acabava de construir uma casa suntuosa. Só a casa bastava para deter e chamar toda a gente; mas havia mais, — a mobília, que ele mandara vir da Hungria e da Holanda, segundo contava, e que se podia ver do lado de fora, porque as janelas viviam abertas, — e o jardim, que era uma obra-prima de arte e de gosto. Esse homem, que enriquecera no fabrico de albardas, tinha tido sempre o sonho de uma casa magnífica, jardim pomposo, mobília rara. Não deixou o negócio das albardas, mas repousava dele na contemplação da casa nova, a primeira de Itaguaí, mais grandiosa do que a Casa Verde, mais nobre do que a da câmara. Entre a gente ilustre da povoação havia choro e ranger de dentes, quando se pensava, ou se falava, ou se louvava a casa do albardeiro, — um simples albardeiro, Deus do céu!

— Lá está ele embasbacado, diziam os transeuntes, de manhã.

De manhã, com efeito, era costume do Mateus estatelar-se, no meio do jardim, com os olhos na casa, namorado, durante uma longa hora, até que vinham chamá-lo para almoçar. Os vizinhos, embora o cumprimentassem com certo respeito, riam-se por trás dele, que era um gosto. Um desses chegou a dizer que o Mateus seria muito mais econômico, e estaria riquíssimo, se fabricasse as albardas para si mesmo; epigrama ininteligível, mas que fazia rir às bandeiras despregadas.

— Agora lá está o Mateus a ser contemplado, diziam à tarde.

A razão deste outro dito era que, de tarde, quando as famílias saíam a passeio (jantavam cedo) usava o Mateus postar-se à janela, bem no centro, vistoso, sobre um fundo escuro, trajado de branco, atitude senhoril, e assim ficava duas e três horas até que anoitecia de todo. Pode crer-se que a intenção do Mateus era ser admirado e invejado, posto que ele não a confessasse a nenhuma pessoa, nem ao boticário, nem ao padre Lopes, seus grandes amigos. E entretanto não foi outra a alegação do boticário, quando o alienista lhe disse que o albardeiro talvez padecesse do amor das pedras, mania que ele Bacamarte descobrira e estudava desde algum tempo. Aquilo de contemplar a casa...

— Não, senhor, acudiu vivamente Crispim Soares.
— Não?

— Há de perdoar-me, mas talvez não saiba que ele de manhã examina a obra, não a admira; de tarde, são os outros que o admiram a ele e à obra. — E contou o uso do albardeiro, todas as tardes, desde cedo até o cair da noite.

Uma volúpia científica alumiou os olhos de Simão Bacamarte. Ou ele não conhecia todos os costumes do albardeiro, ou nada mais quis, interrogando o Crispim, do que confirmar alguma notícia incerta ou suspeita vaga. A explicação satisfê-lo; mas como tinha as alegrias próprias de um sábio, concentradas, nada viu o boticário que fizesse suspeitar uma intenção sinistra. Ao contrário, era de tarde, e o alienista pediu-lhe o braço para irem a passeio. Deus! era a primeira vez que Simão Bacamarte dava ao seu privado tamanha honra; Crispim ficou trêmulo, atarantado, disse que sim, que estava pronto. Chegaram duas ou três pessoas de fora, Crispim mandou-as mentalmente a todos os diabos; não só atrasavam o passeio, como podia acontecer que Bacamarte elegesse alguma delas, para acompanhá-lo, e o dispensasse a ele. Que impaciência! que aflição! Enfim, saíram. O alienista guiou para os lados da casa do albardeiro, viu-o à janela, passou cinco, seis vezes por diante, devagar, parando, examinando as atitudes, a expressão do rosto. O pobre Mateus, apenas notou que era objeto da curiosidade ou admiração do primeiro vulto de Itaguaí, redobrou de expressão, deu outro relevo às atitudes... Triste! triste!

não fez mais do que condenar-se; no dia seguinte, foi recolhido à Casa Verde.

— A Casa Verde é um cárcere privado, disse um médico sem clínica.

Nunca uma opinião pegou e grassou tão rapidamente. Cárcere privado: eis o que se repetia de norte a sul e de leste a oeste de Itaguaí, — a medo, é verdade, porque durante a semana que se seguiu à captura do pobre Mateus, vinte e tantas pessoas, — duas ou três de consideração, — foram recolhidas à Casa Verde. O alienista dizia que só eram admitidos os casos patológicos, mas pouca gente lhe dava crédito. Sucediam-se as versões populares. Vingança, cobiça de dinheiro, castigo de Deus, monomania do próprio médico, plano secreto do Rio de Janeiro com o fim de destruir em Itaguaí qualquer gérmen de prosperidade que viesse a brotar, arvorecer, florir, com desdouro e míngua daquela cidade, mil outras explicações, que não explicavam nada, tal era o produto diário da imaginação pública.

Nisto chegou do Rio de Janeiro a esposa do alienista, a tia, a mulher do Crispim Soares, e toda a mais comitiva, — ou quase toda, — que algumas semanas antes partira de Itaguaí. O alienista foi recebê-la, com o boticário, o padre Lopes, os vereadores e vários outros magistrados. O momento em que D. Evarista pôs os olhos na pessoa do marido é considerado pelos cronistas do tempo como um dos mais sublimes da história moral dos homens, e isto pelo contraste das duas naturezas, ambas extremas, ambas egrégias. D. Evarista soltou um grito, balbuciou uma palavra, e atirou-se ao consorte, de um gesto que não se pode melhor definir do que comparando-o a uma mistura de onça e rola. Não assim o ilustre Bacamarte; frio como um diagnóstico, sem desengonçar por um instante a rigidez científica, estendeu os braços à dona, que caiu neles, e desmaiou. Curto incidente; ao cabo de dois minutos, D. Evarista recebia os cumprimentos dos amigos, e o préstito punha-se em marcha.

D. Evarista era a esperança de Itaguaí; contava-se com ela para minorar o flagelo da Casa Verde. Daí as aclamações públicas, a imensa gente que atulhava as ruas, as flâmulas, as flores e damascos às janelas. Com o braço apoiado no do padre Lopes, — porque o eminente Bacamarte confiara a mulher ao vigário, e acompanhava-os a passo meditativo, — D. Evarista voltava a cabeça a um lado e outro, curiosa, inquieta, petulante. O vigário indagava do Rio de Janeiro, que ele não vira desde o vice-reinado anterior; e D. Evarista respondia, entusiasmada, que era a coisa mais bela que podia haver no mundo. O Passeio Público estava acabado, um paraíso, onde ela fora muitas vezes, e a rua das Belas Noites, o chafariz das Marrecas... Ah! o chafariz das Marrecas! Eram mesmo marrecas, — feitas de metal e despejando água pela boca fora. Uma coisa galantíssima. O vigário dizia que sim, que o Rio de Janeiro devia estar agora muito mais bonito. Se já o era noutro tempo! Não admira, maior do que Itaguaí, e de mais a mais sede do governo... Mas não se pode dizer que Itaguaí fosse feio; tinha belas casas, a casa do Mateus, a Casa Verde...

— A propósito de Casa Verde, disse o padre Lopes escorregando habilmente para o assunto da ocasião, a senhora vem achá-la muito cheia de gente.

— Sim?

— É verdade. Lá está o Mateus...

— O albardeiro?

— O albardeiro; está o Costa, a prima do Costa, e Fulano, e Sicrano, e...

— Tudo isso doido?

— Ou quase doido, obtemperou o padre.

— Mas então?

O vigário derreou os cantos da boca, à maneira de quem não sabe nada, ou não quer dizer tudo; resposta vaga, que se não pode repetir a outra pessoa, por falta de texto. D. Evarista achou realmente extraordinário que toda aquela gente ensandecesse; um ou outro, vá; mas todos? Entretanto, custava-lhe duvidar; o marido era um sábio, não recolheria ninguém à Casa Verde sem prova evidente de loucura.

— Sem dúvida... sem dúvida... ia pontuando o vigário.

Três horas depois, cerca de cinquenta convivas sentavam-se em volta da mesa de Simão Bacamarte; era o jantar das boas-vindas. D. Evarista foi o assunto obrigado dos brindes, discursos, versos de toda a casta, metáforas, amplificações, apólogos. Ela era a esposa do novo **Hipócrates**, a musa da ciência, anjo, divina, aurora, caridade, vida, consolação; trazia nos olhos duas estrelas, segundo a versão modesta de Crispim Soares, e dois sóis, no conceito de um vereador. O alienista ouvia essas coisas um tanto enfastiado, mas sem visível impaciência. Quando muito dizia ao ouvido da mulher, que a retórica permitia tais arrojos sem significação. D. Evarista fazia esforços para aderir a esta opinião do marido; mas, ainda descontando três quartas partes das louvaminhas, ficava muito com que enfunar-lhe a alma. Um dos oradores, por exemplo, Martim Brito, rapaz de vinte e cinco anos, pintalegrete acabado, curtido de namoros e aventuras, declamou um discurso em que o nascimento de D. Evarista era explicado pelo mais singular dos reptos. "Deus, disse ele, depois de dar ao universo o homem e a mulher, esse diamante e essa pérola da coroa divina (e o orador arrastava triunfalmente esta frase de uma ponta a outra da mesa), Deus quis vencer a Deus, e criou D. Evarista."

Hipócrates

Considerado o pai da medicina, o médico grego Hipócrates (460-370 a.C.) deixou uma vasta obra que orientou os médicos das eras seguintes. Sua influência foi grande até o Renascimento.
© Wikimedia.Commons

D. Evarista baixou os olhos com exemplar modéstia. Duas senhoras, achando a cortesanice excessiva e audaciosa, interrogaram os olhos do dono da casa; e, na verdade, o gesto do alienista pareceu-lhes nublado de suspeitas, de ameaças, e, provavelmente, de sangue. O atrevimento foi grande, pensaram as duas damas. E uma e outra pediam a

Deus que removesse qualquer episódio trágico, — ou que o adiasse, ao menos, para o dia seguinte. Sim, que o adiasse. Uma delas, a mais piedosa, chegou a admitir, consigo mesma, que D. Evarista não merecia nenhuma desconfiança, tão longe estava de ser atraente ou bonita. Uma simples água-morna. Verdade é que, se todos os gostos fossem iguais, o que seria do amarelo? E esta ideia fê-la tremer outra vez, embora menos; menos, porque o alienista sorria agora para o Martim Brito, e, levantados todos, foi ter com ele e falou-lhe do discurso. Não lhe negou que era um improviso brilhante, cheio de rasgos magníficos. Seria dele mesmo a ideia relativa ao nascimento de D. Evarista, ou tê-la-ia encontrado em algum autor que...? Não, senhor; era dele mesmo; achou-a naquela ocasião e parecera-lhe adequada a um arroubo oratório. De resto, suas ideias eram antes arrojadas do que ternas ou jocosas. Dava para o épico. Uma vez, por exemplo, compôs uma ode à queda do marquês de Pombal,[22] em que dizia que esse ministro era o "dragão aspérrimo do Nada", esmagado pelas "garras vingadoras do Todo"; e assim outras, mais ou menos fora do comum; gostava das ideias sublimes e raras, das imagens grandes e nobres...

---

[22] Sebastião José de Carvalho e Melo, marquês de Pombal e conde de Oeiras (1699-1782), secretário de Estado do Reino durante o reinado de D. José I (1750-1777), é uma das figuras mais controversas da história portuguesa, responsável por diversas reformas administrativas, econômicas e sociais.

"Pobre moço!" pensou o alienista. E continuou consigo: "Trata-se de um caso de lesão cerebral; fenômeno sem gravidade, mas digno de estudo..."

D. Evarista ficou estupefata quando soube, três dias depois, que o Martim Brito fora alojado na Casa Verde. Um moço que tinha ideias tão bonitas! As duas senhoras atribuíram o ato a ciúmes do alienista. Não podia ser outra coisa; realmente a declaração do moço fora audaciosa demais.

Ciúmes? Mas como explicar que, logo em seguida, fossem recolhidos José Borges do Couto Leme, pessoa estimável, o Chico das Cambraias, folgazão emérito, o escrivão Fabrício, e ainda outros? O terror acentuou-se. Não se sabia já quem estava são, nem quem estava doido. As mulheres, quando os maridos saíam, mandavam acender uma lamparina a Nossa Senhora; e nem todos os maridos eram valorosos, alguns não andavam fora sem um ou dois capangas. Positivamente o terror. Quem podia, emigrava. Um desses fugitivos chegou a ser preso a duzentos passos da vila. Era um rapaz de trinta anos, amável, conversado, polido, tão polido que não cumprimentava alguém sem levar o chapéu ao chão; na rua, acontecia-lhe correr uma distância de dez a vinte braças para ir apertar a mão a um homem grave, a uma senhora, às vezes a um menino, como acontecera ao filho do juiz de fora. Tinha a vocação das cortesias. De resto, devia as boas relações da sociedade, não só aos dotes pessoais, que eram raros, como à nobre tenacidade com que nunca desanimava diante de uma, duas, quatro, seis recusas, caras feias, etc. O que acontecia era que, uma vez entrado numa casa, não a deixava mais, nem os da casa o deixavam a ele, tão gracioso era o Gil Bernardes. Pois o Gil Bernardes, apesar de se saber estimado, teve medo quando lhe disseram um dia, que o alienista o trazia de olho; na madrugada seguinte fugiu da vila, mas foi logo apanhado e conduzido à Casa Verde.

— Devemos acabar com isto!
— Não pode continuar!
— Abaixo a tirania!
— Déspota! violento! **Golias!**

Não eram gritos na rua, eram suspiros em casa, mas não tardava a hora dos gritos. O terror crescia; avizinhava-se a rebelião. A ideia de uma petição ao governo para que Simão Bacamarte fosse capturado e deportado, andou por algumas cabeças, antes que o barbeiro Porfírio a expendesse na loja, com grandes gestos de indignação. Note-se, — e essa é uma das laudas mais puras desta sombria história, — note-se que o Porfírio, desde que a Casa Verde começara a povoar-se tão extraordinariamente, viu crescerem-lhe os lucros pela aplicação assídua de sanguessugas que dali lhe pediam; mas o interesse particular, dizia ele, deve ceder ao interesse público. E acrescentava: — é preciso derrubar o tirano! Note-se mais

Golias

Em Samuel 17:4, Golias era um guerreiro de Gate que media cerca de 2,90 metros. Durante a batalha entre os filisteus e os hebreus, foi confrontado e morto por Davi.
© Wikimedia.Commons

que ele soltou esse grito justamente no dia em que Simão Bacamarte fizera recolher à Casa Verde um homem que trazia com ele uma demanda, o Coelho.

— Não me dirão em que é que o Coelho é doido? bradou o Porfírio.

E ninguém lhe respondia; todos repetiam que era um homem perfeitamente ajuizado. A mesma demanda que ele trazia com o barbeiro, acerca de uns chãos da vila, era filha da obscuridade de um alvará, e não da cobiça ou ódio. Um excelente caráter o Coelho. Os únicos desafeiçoados que tinha eram alguns sujeitos que, dizendo-se taciturnos, ou alegando andar com pressa, mal o viam de longe dobravam as esquinas, entravam nas lojas, etc. Na verdade, ele amava a boa palestra, a palestra comprida, gostada a sorvos largos, e assim é que nunca estava só, preferindo os que sabiam dizer duas palavras, mas não desdenhando os outros. O padre Lopes, que cultivava o Dante, e era inimigo do Coelho, nunca o via desligar-se de uma pessoa que não declamasse e emendasse este trecho:

La bocca sollevò dal fiero pasto
Quel seccatore...[23]

Mas uns sabiam do ódio do padre, e outros pensavam que isto era uma oração em latim.

---

[23] Paródia dos versos do capítulo 33 do *Inferno*, de Dante Alighieri (1265-1321). Machado trocou o original "*peccator*" por "*seccatore*". Assim, "A boca suspendeu do fero alimento/ Aquele pecador..." fica, em Machado, "A boca suspendeu do fero alimento/ Aquele maçador...", isto é, "aquele chato".

VI.
A rebelião

Cerca de trinta pessoas ligaram-se ao barbeiro, redigiram e levaram uma representação à câmara.

A câmara recusou aceitá-la, declarando que a Casa Verde era uma instituição pública, e que a ciência não podia ser emendada por votação administrativa, menos ainda por movimentos de rua.

— Voltai ao trabalho, concluiu o presidente, é o conselho que vos damos.

A irritação dos agitadores foi enorme. O barbeiro declarou que iam dali levantar a bandeira da rebelião, e destruir a Casa Verde; que Itaguaí não podia continuar a servir de cadáver aos estudos e experiências de um déspota; que muitas pessoas estimáveis, algumas distintas, outras humildes mas dignas de apreço, jaziam nos cubículos da Casa Verde; que o despotismo científico do alienista complicava-se do espírito de ganância, visto que os loucos, ou supostos tais, não eram tratados de graça: as famílias, e em falta delas a câmara, pagavam ao alienista...

— É falso, interrompeu o presidente.

— Falso?

— Há cerca de duas semanas recebemos um ofício do ilustre médico, em que nos declara que, tratando de fazer experiências de alto valor psicológico, desiste do estipêndio votado pela câmara, bem como nada receberá das famílias dos enfermos.

A notícia deste ato tão nobre, tão puro, suspendeu um pouco a alma dos rebeldes. Seguramente o alienista podia estar em erro, mas nenhum interesse alheio à ciência o instigava; e para demonstrar o erro era preciso alguma coisa mais do que arruaças e clamores. Isto disse o presidente, com aplauso de toda a câmara. O barbeiro, depois de alguns instantes de concentração, declarou que estava investido de um mandato público, e não restituiria a paz a Itaguaí antes de ver por terra a Casa Verde, — "essa **Bastilha** da razão humana" — expressão que ouvira a um poeta local, e que ele repetiu com muita ênfase. Disse, e a um sinal todos saíram com ele.

Imagine-se a situação dos vereadores; urgia obstar ao ajuntamento, à

Bastilha

A Bastilha, anteriormente Forte de Santo Antônio, foi uma prisão que se tornou o símbolo do despotismo monárquico francês. A sua tomada em 14 de julho de 1789 deu início à Revolução Francesa. Aqui, Machado compara a Casa Verde à prisão política francesa.
© Wikimedia.Commons

O Alienista

rebelião, à luta, ao sangue. Para acrescentar ao mal, um dos vereadores, que apoiara o presidente, ouvindo agora a denominação dada pelo barbeiro à Casa Verde — "Bastilha da razão humana", — achou-a tão elegante, que mudou de parecer. Disse que entendia de bom aviso decretar alguma medida que reduzisse a Casa Verde; e porque o presidente, indignado, manifestasse em termos enérgicos o seu pasmo, o vereador fez esta reflexão:

— Nada tenho que ver com a ciência; mas se tantos homens em quem supomos juízo são reclusos por dementes, quem nos afirma que o alienado não é o alienista?

Sebastião Freitas, o vereador dissidente, tinha o dom da palavra e falou ainda por algum tempo com prudência, mas com firmeza. Os colegas estavam atônitos; o presidente pediu-lhe que, ao menos, desse o exemplo da ordem e do respeito à lei, não aventasse as suas ideias na rua, para não dar corpo e alma à rebelião, que era por ora um turbilhão de átomos dispersos. Esta figura corrigiu um pouco o efeito da outra: Sebastião Freitas prometeu suspender qualquer ação, reservando-se o direito de pedir pelos meios legais a redução da Casa Verde. E repetia consigo, namorado: — Bastilha da razão humana!

Entretanto, a arruaça crescia. Já não eram trinta, mas trezentas pessoas que acompanhavam o barbeiro, cuja alcunha familiar deve ser mencionada, porque ela deu o nome à revolta; chamavam-lhe o

Canjica, — e o movimento ficou célebre com o nome de revolta dos Canjicas. A ação podia ser restrita, — visto que muita gente, ou por medo, ou por hábitos de educação, não descia à rua; mas o sentimento era unânime, ou quase unânime, e os trezentos que caminhavam para a Casa Verde, — dada a diferença de Paris a Itaguaí, — podiam ser comparados aos que tomaram a Bastilha.

D. Evarista teve notícia da rebelião antes que ela chegasse; veio dar-lha uma de suas crias. Ela provava nessa ocasião um vestido de seda, — um dos trinta e sete que trouxera do Rio de Janeiro, — e não quis crer.

— Há de ser alguma patuscada, dizia ela mudando a posição de um alfinete. Benedita, vê se a barra está boa.

— Está, sinhá, respondia a mucama de cócoras no chão, está boa. Sinhá vira um bocadinho. Assim. Está muito boa.

— Não é patuscada, não, senhora; eles estão gritando: — Morra o Dr. Bacamarte! o tirano! dizia o moleque assustado.

— Cala a boca, tolo! Benedita, olha aí do lado esquerdo; não parece que a costura está um pouco enviesada? A risca azul não segue até abaixo; está muito feio assim; é preciso descoser para ficar igualzinho e...

— Morra o Dr. Bacamarte! morra o tirano! uivaram fora trezentas vozes. Era a rebelião que desembocava na rua Nova.

D. Evarista ficou sem pinga de sangue. No primeiro instante não deu um passo, não fez um gesto; o terror petrificou-a. A mucama correu instintivamente para a porta do fundo. Quanto ao moleque, a quem D. Evarista não dera crédito, teve um instante de triunfo, um certo movimento súbito, imperceptível, entranhado, de satisfação moral, ao ver que a realidade vinha jurar por ele.

— Morra o alienista! bradavam as vozes mais perto.

D. Evarista, se não resistia facilmente às comoções de prazer, sabia entestar com os momentos de perigo. Não desmaiou; correu à sala interior onde o marido estudava. Quando ela ali entrou, precipitada, o ilustre médico escrutava um texto de **Averróis**; os olhos dele, empanados pela cogitação, subiam do livro ao teto e baixavam do teto ao livro, cegos para a realidade exterior, videntes para os profundos trabalhos mentais. D. Evarista chamou pelo marido duas vezes, sem que ele lhe desse atenção; à terceira, ouviu e perguntou-lhe o que tinha, se estava doente.

— Você não ouve estes gritos? perguntou a digna esposa em lágrimas.

O alienista atendeu então; os gritos aproximavam-se, terríveis, ameaçadores; ele compreendeu tudo. Levantou-se da cadeira de espaldar em que estava

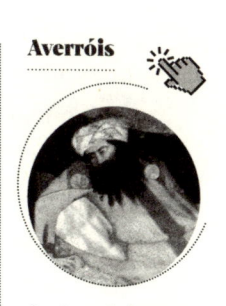

Averróis

Esta é outra indicação que Machado faz quanto ao arabismo de Simão Bacamarte. O filósofo, teólogo, jurista e médico muçulmano Ibn Rochd ficou conhecido no Ocidente pelo seu nome latinizado de Averróis, Nascido em 1126 em Córdoba, na Andaluzia, Espanha, e falecido em 1198 em Marrakech, Marrocos, é considerado um dos maiores filósofos da civilização islâmica.
© Wikimedia.Commons

sentado, fechou o livro, e, a passo firme e tranquilo, foi depositá-lo na estante. Como a introdução do volume desconcertasse um pouco a linha dos dois tomos contíguos, Simão Bacamarte cuidou de corrigir esse defeito mínimo, e, aliás, interessante. Depois disse à mulher que se recolhesse, que não fizesse nada.

— Não, não, implorava a digna senhora, quero morrer ao lado de você...

Simão Bacamarte teimou que não, que não era caso de morte; e ainda que o fosse, intimava-lhe em nome da vida que ficasse. A infeliz dama curvou a cabeça, obediente e chorosa.

— Abaixo a Casa Verde! bradavam os Canjicas.

O alienista caminhou para a varanda da frente, e chegou ali no momento em que a rebelião também chegava e parava, defronte, com as suas trezentas cabeças rutilantes de civismo e sombrias de desespero. — Morra! morra! bradaram de todos os lados, apenas o vulto do alienista assomou na varanda. Simão Bacamarte fez um sinal pedindo para falar; os revoltosos cobriram-lhe a voz com brados de indignação. Então, o barbeiro, agitando o chapéu, a fim de impor silêncio à turba, conseguiu aquietar os amigos, e declarou ao alienista que podia falar, mas acrescentou que não abusasse da paciência do povo como fizera até então.

— Direi pouco, ou até não direi nada, se for preciso. Desejo saber primeiro o que pedis.

— Não pedimos nada, replicou fremente o barbeiro; ordenamos que a Casa Verde seja demolida, ou pelo menos despojada dos infelizes que lá estão.

— Não entendo.

— Entendeis bem, tirano; queremos dar liberdade às vítimas do vosso ódio, capricho, ganância...

O alienista sorriu, mas o sorriso desse grande homem não era coisa visível aos olhos da multidão; era uma contração leve de dois ou três músculos, nada mais. Sorriu e respondeu:

— Meus senhores, a ciência é coisa séria, e merece ser tratada com seriedade. Não dou razão dos meus atos de alienista a ninguém, salvo aos mestres e a Deus. Se quereis emendar a administração da Casa Verde, estou pronto a ouvir-vos; mas se exigis que me negue a mim mesmo, não ganhareis nada. Poderia convidar alguns de vós, em comissão dos outros, a vir ver comigo os loucos reclusos; mas não o faço, porque seria dar-vos razão do meu sistema, o que não farei a leigos, nem a rebeldes.

Disse isto o alienista, e a multidão ficou atônita; era claro que não esperava tanta energia e menos ainda tamanha serenidade. Mas o assombro cresceu de ponto quando o alienista, cortejando a multidão com muita gravidade, deu-lhe as costas e retirou-se lentamente para dentro. O barbeiro tornou logo a si, e, agitando o chapéu, convidou os amigos à demolição da Casa Verde; poucas vozes e frouxas lhe responderam. Foi nesse momento decisivo que o barbeiro sentiu despontar em si a ambição do governo; pareceu-lhe então que, demolindo a Casa Verde, e derrocando a influência do alienista, chegaria a apoderar-se da câmara, dominar as demais autoridades e constituir-se senhor de Itaguaí. Desde alguns anos que ele forcejava por ver o seu nome incluído nos **pelouros** para o sorteio dos vereadores, mas era recusado por não ter uma posição compatível com tão grande cargo. A ocasião era agora ou nunca. Demais, fora tão longe na arruaça, que a derrota seria a prisão, ou talvez a forca, ou o degredo. Infelizmente, a resposta do alienista diminuíra o furor dos sequazes. O barbeiro, logo que o percebeu, sentiu um impulso de indignação, e quis bradar-lhes: "Canalhas! covardes!", mas conteve-se, e rompeu deste modo:

Pelouro

O pelouro era uma bola oca, de cera, onde se colocava o voto de cada um dos eleitores nas eleições municipais para juiz ou vereador. Devido à sua forma e função, remetia ao simbolismo do ovo.
© Wikimedia Commons

— Meus amigos, lutemos até o fim! A salvação de Itaguaí está nas vossas mãos dignas e heroicas. Destruamos o cárcere de vossos filhos e pais, de vossas mães e irmãs, de vossos parentes e amigos, e de vós mesmos. Ou morrereis a pão e água, talvez a chicote, na masmorra daquele indigno.

E a multidão agitou-se, murmurou, bradou, ameaçou, congregou-se toda em derredor do barbeiro. Era a revolta que tornava a si da ligeira síncope, e ameaçava arrasar a Casa Verde.

— Vamos! bradou Porfírio agitando o chapéu.
— Vamos! repetiram todos.

Deteve-os um incidente: era um corpo de **dragões**[24] que, a marche-marche, entrava na rua Nova.

Dragões

Soldado da cavalaria da guarda real.
© Wikimedia.Commons

---
[24] Soldado da cavalaria da guarda real.

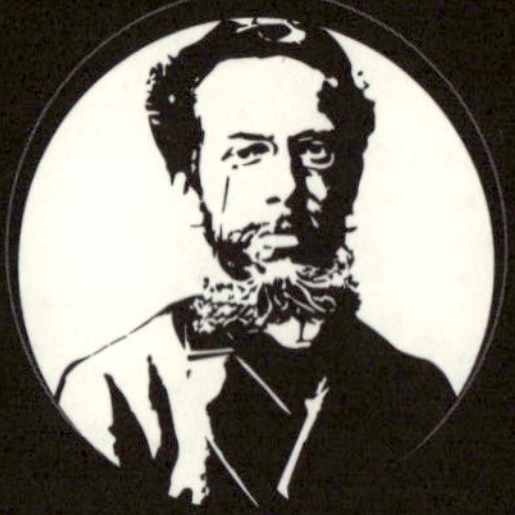

VII.
O inesperado

Chegados os dragões em frente aos Canjicas, houve um instante de estupefação: os Canjicas não queriam crer que a força pública fosse mandada contra eles; mas o barbeiro compreendeu tudo e esperou. Os dragões pararam, o capitão intimou à multidão que se dispersasse; mas, conquanto uma parte dela estivesse inclinada a isso, a outra parte apoiou fortemente o barbeiro, cuja resposta consistiu nestes termos alevantados:

— Não nos dispersaremos. Se quereis os nossos cadáveres, podeis tomá-los; mas só os cadáveres; não levareis a nossa honra, o nosso crédito, os nossos direitos, e com eles a salvação de Itaguaí.

Nada mais imprudente do que essa resposta do barbeiro; e nada mais natural. Era a vertigem das grandes crises. Talvez fosse também um excesso de confiança na abstenção das armas por parte dos dragões; confiança que o capitão dissipou logo, mandando carregar sobre os Canjicas. O momento foi indescritível. A multidão urrou furiosa; alguns, trepando às janelas das casas, ou correndo pela rua fora, conseguiram escapar; mas a maioria ficou, bufando de cólera, indignada, animada pela exortação do barbeiro. A derrota dos Canjicas estava iminente, quando um terço dos dragões, — qualquer que fosse o motivo, as crônicas não o declaram, — passou subitamente para o lado da rebelião. Este inesperado reforço deu alma aos Canjicas, ao mesmo tempo que lançou o desânimo às fileiras da legalidade. Os soldados fiéis não tiveram coragem de atacar os seus próprios camaradas, e, um a um, foram passando para eles, de modo que ao cabo de alguns minutos, o aspecto das coisas era totalmente outro. O capitão estava de um lado, com alguma gente, contra uma massa compacta que o ameaçava de morte. Não teve remédio, declarou-se vencido e entregou a espada ao barbeiro.

A revolução triunfante não perdeu um só minuto; recolheu os feridos às casas próximas, e guiou para a câmara. Povo e tropa fraternizavam, davam vivas a el-rei, ao vice-rei, a Itaguaí, ao "ilustre Porfírio". Este ia na frente, empunhando tão destramente a espada, como se ela fosse apenas uma navalha um pouco mais comprida. A vitória cingia-lhe a fronte de um nimbo misterioso. A dignidade de governo começava a enrijar-lhe os quadris.

Os vereadores, às janelas, vendo a multidão e a tropa, cuidaram que a tropa capturara a multidão, e sem mais exame, entraram e votaram uma petição ao vice-rei para que mandasse dar um mês de soldo aos dragões, "cujo denodo salvou Itaguaí do abismo a que o tinha lançado uma cáfila de rebeldes". Esta frase foi proposta por Sebastião Freitas, o vereador dissidente, cuja defesa dos Canjicas tanto escandalizara os colegas. Mas bem depressa a ilusão se desfez. Os vivas ao barbeiro, os morras aos vereadores e ao alienista vieram dar-lhes notícia da triste realidade. O presidente não desanimou: — Qualquer que seja a nossa sorte, disse ele, lembremo-nos que estamos ao serviço de Sua Majestade e do povo. — Sebastião Freitas insinuou que melhor se poderia servir à coroa e à vila saindo pelos fundos e indo conferenciar com o juiz de fora, mas toda a câmara rejeitou esse alvitre.

Daí a nada o barbeiro, acompanhado de alguns de seus tenentes, entrava na sala da vereança e intimava à câmara a sua queda. A câmara não resistiu, entregou-se, e foi dali para a cadeia. Então os amigos do barbeiro propuseram-lhe que assumisse o governo da vila, em nome de Sua Majestade. Porfírio aceitou o encargo, embora não desconhecesse (acrescentou) os espinhos que trazia; disse mais que não podia dispensar o concurso dos amigos presentes; ao que eles prontamente anuíram. O barbeiro veio à janela, e comunicou ao povo essas resoluções, que o povo ratificou, aclamando o barbeiro. Este tomou a denominação de — "Protetor da vila em nome de Sua Majestade e do povo". — Expediram-se logo várias ordens importantes, comunicações oficiais do novo governo, uma exposição minuciosa ao vice-rei, com muitos protestos de obediência às ordens de Sua Majestade; finalmente, uma proclamação ao povo, curta, mas enérgica:

"Itaguaienses!
Uma câmara corrupta e violenta conspirava contra os interesses de Sua Majestade e do povo. A opinião pública tinha-a condenado; um punhado de cidadãos, fortemente apoiados pelos bravos dragões de Sua Majestade, acaba de a dissolver ignominiosamente, e por unânime consenso da vila, foi-me confiado o mando supremo, até que Sua Majestade se sirva ordenar o que parecer melhor ao seu real serviço. Itaguaienses! não vos peço senão que me rodeeis de confiança, que me auxilieis em restaurar a paz e a fazenda pública, tão desbaratada pela câmara que ora findou às vossas mãos. Contai com o meu sacrifício, e ficai certos de que a coroa será por nós.

O Protetor da vila em nome de Sua Majestade e do povo
PORFÍRIO CAETANO DAS Neves"

Toda a gente advertiu no absoluto silêncio desta proclamação acerca da Casa Verde; e, segundo uns, não podia haver mais vivo indício dos projetos tenebrosos do barbeiro. O perigo era tanto maior quanto que, no meio mesmo desses graves sucessos, o alienista metera na Casa Verde umas sete ou oito pessoas, entre elas duas senhoras, sendo um dos homens aparentado com o Protetor. Não era um repto, um ato intencional; mas todos o interpretaram dessa maneira, e a vila respirou com a esperança de que o alienista dentro de vinte e quatro horas estaria a ferros, e destruído o terrível cárcere.

O dia acabou alegremente. Enquanto o arauto da matraca ia recitando de esquina em esquina a proclamação, o povo espalhava-se nas ruas e jurava morrer em defesa do ilustre Porfírio. Poucos gritos contra a Casa Verde, prova de confiança na ação do governo. O barbeiro fez expedir um ato declarando feriado aquele dia, e entabulou negociações com o vigário para a celebração de um **Te Deum**, tão conveniente era aos olhos dele a conjunção do poder temporal com o espiritual; mas o padre Lopes recusou abertamente o seu concurso.

O Te Deum é um hino cristão em latim. A frase completa é *Te Deum laudamus* que significa "A ti, ó Deus, louvamos". Em manuscritos antigos, às vezes também é chamado de Hino Ambrosiano, em alusão a um de seus supostos autores, Ambrósio de Milão (c. 340 – 397).
© Wikimedia.Commons

— Em todo caso, Vossa Reverendíssima não se alistará entre os inimigos do governo? disse-lhe o barbeiro dando à fisionomia um aspecto tenebroso.

Ao que o padre Lopes respondeu, sem responder:
— Como alistar-me, se o novo governo não tem inimigos?

O barbeiro sorriu; era a pura verdade. Salvo o capitão, os vereadores e os principais da vila, toda a gente o aclamava. Os mesmos principais, se o não aclamavam, não tinham saído contra ele. Nenhum dos almotacés[25] deixou de vir receber as suas ordens. No geral, as famílias abençoavam o nome daquele que ia enfim libertar Itaguaí da Casa Verde e do terrível Simão Bacamarte.

---

[25] Funcionário dos concelhos (divisão administrativa territorial, equivalente, hoje, ao município) medievais encarregado de fiscalizar pesos e medidas e de taxar alimentos.

VIII.
As angústias do boticário

Vinte e quatro horas depois dos sucessos narrados no capítulo anterior, o barbeiro saiu do palácio do governo, — foi a denominação dada à casa da câmara, — com dois ajudantes de ordens, e dirigiu-se à residência de Simão Bacamarte. Não ignorava ele que era mais decoroso ao governo mandá-lo chamar; o receio, porém, de que o alienista não obedecesse, obrigou-o a parecer tolerante e moderado.

Não descrevo o terror do boticário ao ouvir dizer que o barbeiro ia à casa do alienista. — Vai prendê-lo, pensou ele. E redobraram-lhe as angústias. Com efeito, a tortura moral do boticário naqueles dias de revolução excede a toda a descrição possível. Nunca um homem se achou em mais apertado lance: — a privança do alienista chamava-o ao lado deste, a vitória do barbeiro atraía-o ao barbeiro. Já a simples notícia da sublevação tinha-lhe sacudido fortemente a alma, porque ele sabia a unanimidade do ódio ao alienista; mas a vitória final foi também o golpe final. A esposa, senhora máscula, amiga particular de D. Evarista, dizia que o lugar dele era ao lado de Simão Bacamarte; ao passo que o coração lhe bradava que não, que a causa do alienista estava perdida, e que ninguém, por ato próprio, se amarra a um cadáver. Fê-lo Catão, é verdade, *sed victa Catoni*, pensava ele, relembrando algumas palestras habituais do padre Lopes; mas Catão não se atou a uma causa vencida, ele era a própria causa vencida, a causa da república; o seu ato, portanto, foi de egoísta, de um miserável egoísta; minha situação é outra.

Insistindo, porém, a mulher, não achou Crispim Soares outra saída em tal crise senão adoecer; declarou-se doente e meteu-se na cama.

— Lá vai o Porfírio à casa do Dr. Bacamarte, disse-lhe a mulher no dia seguinte à cabeceira da cama; vai acompanhado de gente.

"Vai prendê-lo", pensou o boticário.

Uma ideia traz outra; o boticário imaginou que, uma vez preso o alienista, viriam também buscá-lo a ele, na qualidade de cúmplice. Esta ideia foi o melhor dos **vesicatórios**. Crispim

Vesicatórios

Medicamento ou substância que, aplicado sobre a pele, forma bolhas. Machado usa aqui essa expressão para indicar a repentina mudança de humor e disposição do boticário em relação a Simão Bacamarte.
© Wikimedia.Commons

Soares ergueu-se, disse que estava bom, que ia sair; e apesar de todos os esforços e protestos da consorte, vestiu-se e saiu. Os velhos cronistas são unânimes em dizer que a certeza de que o marido ia colocar-se nobremente ao lado do alienista consolou grandemente a esposa do boticário; e notam, com muita perspicácia, o imenso poder moral de uma ilusão; porquanto, o boticário caminhou resolutamente ao palácio do governo, não à casa do alienista. Ali chegando, mostrou-se admirado de não ver o barbeiro, a quem ia apresentar os seus protestos de adesão, não o tendo feito desde a véspera por enfermo. E tossia com algum custo. Os altos funcionários que lhe ouviam esta declaração, sabedores da intimidade do boticário com o alienista, compreenderam toda a importância da adesão nova, e trataram a Crispim Soares com apurado carinho; afirmaram-lhe que o barbeiro não tardava; Sua Senhoria tinha ido à Casa Verde, a negócio importante, mas não tardava. Deram-lhe cadeira, refrescos, elogios; disseram-lhe que a causa do ilustre Porfírio era a de todos os patriotas; ao que o boticário ia repetindo que sim, que nunca pensara outra coisa, que isso mesmo mandaria declarar a Sua Majestade.

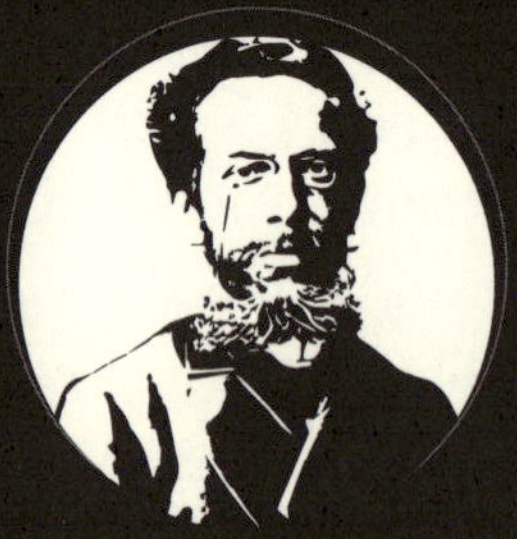

IX.
Dois lindos casos

Não se demorou o alienista em receber o barbeiro; declarou-lhe que não tinha meios de resistir, e portanto estava prestes a obedecer. Só uma coisa pedia, é que o não constrangesse a assistir pessoalmente à destruição da Casa Verde.

— Engana-se Vossa Senhoria, disse o barbeiro depois de alguma pausa, engana-se em atribuir ao governo intenções vandálicas. Com razão ou sem ela, a opinião crê que a maior parte dos doidos ali metidos estão em seu perfeito juízo, mas o governo reconhece que a questão é puramente científica, e não cogita em resolver com posturas as questões científicas. Demais, a Casa Verde é uma instituição pública; tal a aceitamos das mãos da câmara dissolvida. Há, entretanto, — por força que há de haver um alvitre intermédio que restitua o sossego ao espírito público.

O alienista mal podia dissimular o assombro; confessou que esperava outra coisa, o arrasamento do hospício, a prisão dele, o desterro, tudo, menos...

— O pasmo de Vossa Senhoria, atalhou gravemente o barbeiro, vem de não atender à grave responsabilidade do governo. O povo, tomado de uma cega piedade, que lhe dá em tal caso legítima indignação, pode exigir do governo certa ordem de atos; mas este, com a responsabilidade que lhe incumbe, não os deve praticar, ao menos integralmente, e tal é a nossa situação. A generosa revolução que ontem derrubou uma câmara vilipendiada e corrupta, pediu em altos brados o arrasamento da Casa Verde; mas pode entrar no ânimo do governo eliminar a loucura? Não. E se o governo não a pode eliminar, está ao menos apto para discriminá-la, reconhecê-la? Também não; é matéria de ciência. Logo, em assunto tão melindroso, o governo não pode, não deve, não quer dispensar o concurso de Vossa Senhoria. O que lhe pede é que de certa maneira demos alguma satisfação ao povo. Unamo-nos, e o povo saberá obedecer. Um dos alvitres aceitáveis, se Vossa Senhoria não indicar outro, seria fazer retirar da Casa Verde aqueles enfermos que estiverem quase curados, e bem assim os maníacos de pouca monta, etc. Desse modo, sem grande perigo, mostraremos alguma tolerância e benignidade.

— Quantos mortos e feridos houve ontem no conflito? perguntou Simão Bacamarte, depois de uns três minutos.

O barbeiro ficou espantado da pergunta, mas respondeu logo que onze mortos e vinte e cinco feridos.

— Onze mortos e vinte e cinco feridos! repetiu duas ou três vezes o alienista.

E, em seguida declarou que o alvitre lhe não parecia bom, mas que ele ia catar algum outro, e dentro de poucos dias lhe daria resposta. E fez-lhe várias perguntas acerca dos sucessos da véspera, ataque, defesa, adesão dos dragões, resistência da câmara, etc., ao que o barbeiro ia respondendo com grande abundância, insistindo principalmente no descrédito em que a câmara caíra. O barbeiro confessou que o novo governo não tinha ainda por si a confiança dos principais da vila, mas o alienista podia fazer muito nesse ponto. O governo, concluiu o barbeiro, folgaria se pudesse contar, não já com a simpatia, senão com a benevolência do mais alto espírito de Itaguaí, e seguramente do reino. Mas nada disso alterava a nobre e austera fisionomia daquele grande homem, que ouvia calado, sem desvanecimento, nem modéstia, mas impassível como um deus de pedra.

— Onze mortos e vinte e cinco feridos, repetiu o alienista, depois de acompanhar o barbeiro até a porta. Eis aí dois lindos casos de doença cerebral. Os sintomas de duplicidade e descaramento deste barbeiro são positivos. Quanto à toleima dos que o aclamaram não é preciso outra prova além dos onze mortos e vinte e cinco feridos. — Dois lindos casos!

— Viva o ilustre Porfírio! bradaram umas trinta pessoas que aguardavam o barbeiro à porta.

O alienista espiou pela janela, e ainda ouviu este resto de uma pequena fala do barbeiro às trinta pessoas que o aclamavam:

— ... porque eu velo, podeis estar certos disso, eu velo pela execução das vontades do povo. Confiai em mim; e tudo se fará pela melhor maneira. Só vos recomendo ordem. A ordem, meus amigos, é a base do governo...

— Viva o ilustre Porfírio! bradaram as trinta vozes, agitando os chapéus.

— Dois lindos casos! murmurou o alienista.

X.
A restauração

Dentro de cinco dias, o alienista meteu na Casa Verde cerca de cinquenta aclamadores do novo governo. O povo indignou-se. O governo, atarantado, não sabia reagir. João Pina, outro barbeiro, dizia abertamente nas ruas, que o Porfírio estava "vendido ao ouro de Simão Bacamarte", frase que congregou em torno de João Pina a gente mais resoluta da vila. Porfírio, vendo o antigo rival da navalha à testa da insurreição, compreendeu que a sua perda era irremediável, se não desse um grande golpe; expediu dois decretos, um abolindo a Casa Verde, outro desterrando o alienista. João Pina mostrou claramente, com grandes frases, que o ato de Porfírio era um simples aparato, um engodo, em que o povo não devia crer. Duas horas depois caía

Porfírio ignominiosamente, e João Pina assumia a difícil tarefa do governo. Como achasse nas gavetas as minutas da proclamação, da exposição ao vice-rei e de outros atos inaugurais do governo anterior, deu-se pressa em os fazer copiar e expedir; acrescentam os cronistas, e aliás subentende-se, que ele lhes mudou os nomes, e onde o outro barbeiro falara de uma câmara corrupta, falou este de "um intruso eivado das más doutrinas francesas, e contrário aos sacrossantos interesses de Sua Majestade, etc.".

Nisto entrou na vila uma força mandada pelo vice-rei, e restabeleceu a ordem. O alienista exigiu desde logo a entrega do barbeiro Porfírio, e bem assim a de uns cinquenta e tantos indivíduos, que declarou mentecaptos; e não só lhe deram esses, como afiançaram entregar-lhe mais dezenove sequazes do barbeiro, que convalesciam das feridas apanhadas na primeira rebelião.

Este ponto da crise de Itaguaí marca também o grau máximo da influência de Simão Bacamarte. Tudo quanto quis, deu-se-lhe; e uma das mais vivas provas do poder do ilustre médico achamo-la na prontidão com que os vereadores, restituídos a seus lugares, consentiram em que Sebastião Freitas também fosse recolhido ao hospício. O alienista, sabendo da extraordinária inconsistência das opiniões desse vereador, entendeu que era um caso patológico, e pediu-o. A mesma coisa aconteceu ao boticário. O alienista, desde que lhe falaram da momentânea adesão de Crispim Soares à rebelião dos Canjicas, comparou-a à aprovação que sempre recebera dele, ainda na véspera, e mandou capturá-lo. Crispim Soares não negou o fato, mas explicou-o dizendo que cedera a um movimento de terror, ao ver a rebelião triunfante, e deu como prova a ausência de nenhum outro ato seu, acrescentando que voltara logo à cama, doente. Simão Bacamarte não o contrariou; disse, porém, aos circunstantes que o terror também é pai da loucura, e que o caso de Crispim Soares lhe parecia dos mais caracterizados.

Mas a prova mais evidente da influência de Simão Bacamarte foi a docilidade com que a câmara lhe entregou o próprio presidente. Este digno magistrado tinha declarado em plena sessão, que não se contentava, para lavá-lo da afronta dos Canjicas, com menos de trinta almudes[26] de sangue; palavra que chegou aos ouvidos do alienista por boca do secretário da câmara, entusiasmado de tamanha energia. Simão Bacamarte começou por meter o secretário na Casa Verde, e foi dali à câmara, à qual declarou que o presidente estava padecendo da "demência dos touros", um gênero que ele pretendia estudar, com grande vantagem para os povos. A câmara a princípio hesitou, mas acabou cedendo.

---

[26] Esta palavra, derivada do árabe *al-mudd*, se refere a uma medida para líquidos, especialmente vinho, usada um Portugal desde o século XI e que variava de concelho (município) para concelho. Modernamente, equivale a 16,8 litros, embora varie em certas regiões. Trinta almudes de sangue equivaleriam, então, a cerca de 504 litros.

Daí em diante foi uma coleta desenfreada. Um homem não podia dar nascença ou curso à mais simples mentira do mundo, ainda daquelas que aproveitam ao inventor ou divulgador, que não fosse logo metido na Casa Verde. Tudo era loucura. Os cultores de enigmas, os fabricantes de charadas, de anagramas, os maldizentes, os curiosos da vida alheia, os que põem todo o seu cuidado na tafularia, um ou outro almotacé enfunado, ninguém escapava aos emissários do alienista. Ele respeitava as namoradas e não poupava as namoradeiras, dizendo que as primeiras cediam a um impulso natural, e as segundas a um vício. Se um homem era avaro ou pródigo ia do mesmo modo para a Casa Verde; daí a alegação de que não havia regra para a completa sanidade mental. Alguns cronistas creem que Simão Bacamarte nem sempre procedia com lisura, e citam em abono da afirmação (que não sei se pode ser aceita) o fato de ter alcançado da câmara uma postura autorizando o uso de um anel de prata no dedo polegar da mão esquerda, a toda a pessoa que, sem outra prova documental ou tradicional, declarasse ter nas veias duas ou três onças de sangue godo. Dizem esses cronistas que o fim secreto da insinuação à câmara foi enriquecer um ourives, amigo e compadre dele; mas, conquanto seja certo que o ourives viu prosperar o negócio depois da nova ordenação municipal, não o é menos que essa postura deu à Casa Verde uma multidão de inquilinos; pelo que, não se pode

O Alienista

definir, sem temeridade, o verdadeiro fim do ilustre médico. Quanto à razão determinativa da captura e aposentação na Casa Verde de todos quantos usaram do anel, é um dos pontos mais obscuros da história de Itaguaí; a opinião mais verossímil é que eles foram recolhidos por andarem a gesticular, à toa, nas ruas, em casa, na igreja. Ninguém ignora que os doidos gesticulam muito. Em todo caso é uma simples conjetura; de positivo nada há.

— Onde é que este homem vai parar? diziam os principais da terra. — Ah! se nós tivéssemos apoiado os Canjicas...

Um dia de manhã, — dia em que a câmara devia dar um grande baile, — a vila inteira ficou abalada com a notícia de que a própria esposa do alienista fora metida na Casa Verde. Ninguém acreditou; devia ser invenção de algum gaiato. E não era: era a verdade pura. D. Evarista fora recolhida às duas horas da noite. O padre Lopes correu ao alienista e interrogou-o discretamente acerca do fato.

— Já há algum tempo que eu desconfiava, disse gravemente o marido. A modéstia com que ela vivera em ambos os matrimônios não podia conciliar-se com o furor das sedas, veludos, rendas e pedras preciosas que manifestou, logo que voltou do Rio de Janeiro. Desde então comecei a observá-la. Suas conversas eram todas sobre esses objetos; se eu lhe falava das antigas cortes, inquiria logo da forma dos vestidos das damas; se uma senhora a visitava, na minha ausência, antes de me dizer o objeto da visita, descrevia-me o trajo, aprovando umas coisas e censurando outras. Um dia, creio que Vossa Reverendíssima há de lembrar-se, propôs-se a fazer anualmente um vestido para a imagem de Nossa Senhora da matriz. Tudo isto eram sintomas graves; esta noite, porém, declarou-se a total demência. Tinha escolhido, preparado, enfeitado o vestuário que levaria ao baile da câmara municipal; só hesitava entre um colar de granada e outro de safira. Anteontem perguntou-me qual deles levaria; respondi-lhe que um ou outro lhe ficava bem. Ontem repetiu a pergunta, ao almoço; pouco depois de jantar fui achá-la calada e pensativa.

— Que tem? perguntei-lhe.

— Queria levar o colar de granada, mas acho o de safira tão bonito!

— Pois leve o de safira.

— Ah! mas onde fica o de granada? — Enfim, passou a tarde sem novidade. Ceamos, e deitamo-nos. Alta noite, seria hora e meia, acordo e não a vejo; levanto-me, vou ao quarto de vestir, acho-a diante dos dois colares, ensaiando-os ao espelho, ora um, ora outro. Era evidente a demência: recolhi-a logo.

O padre Lopes não se satisfez com a resposta, mas não objetou nada. O alienista, porém, percebeu e explicou-lhe que o caso de D. Evarista era de "mania sumptuária", não incurável, e em todo caso digno de estudo.

— Conto pô-la boa dentro de seis semanas, concluiu ele.

A abnegação do ilustre médico deu-lhe grande realce. Conjeturas, invenções, desconfianças, tudo caiu por terra, desde que ele não duvidou recolher à Casa Verde a própria mulher, a quem amava com todas as forças da alma. Ninguém mais tinha o direito de resistir-lhe, — menos ainda o de atribuir-lhe intuitos alheios à ciência.

Era um grande homem austero, **Hipócrates forrado de Catão**.

Catão

Hipócrates, o Pai da medicina, representa a ciência, enquanto Catão (234-149 a.C.), um militar inflexível e cruel, indica a disposição do personagem para fazer o que for preciso, não importa o sacrifício imposto a si e aos outros.
© Wikimedia Commons

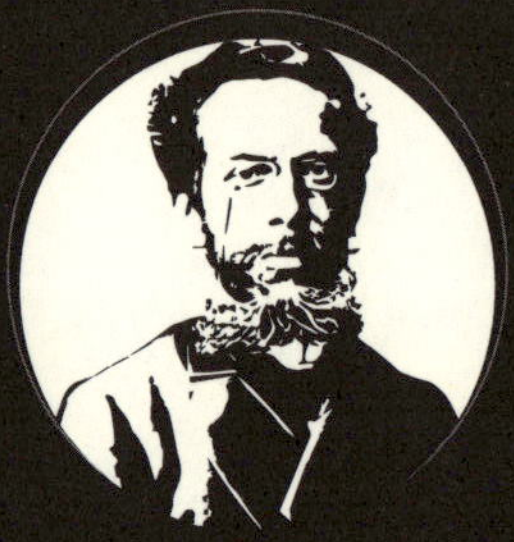

XI.
O assombro de Itaguaí

E agora prepare-se o leitor para o mesmo assombro em que ficou a vila, ao saber um dia que os loucos da Casa Verde iam todos ser postos na rua.

— Todos?

— Todos.

— É impossível; alguns, sim, mas todos...

— Todos. Assim o disse ele no ofício que mandou hoje de manhã à câmara.

De fato, o alienista oficiara à câmara expondo: — 1º, que verificara das estatísticas da vila e da Casa Verde, que quatro quintos da população estavam aposentados naquele estabelecimento; 2º, que esta deslocação de população levara-o a examinar os fundamentos da sua teoria das moléstias cerebrais, teoria que excluía do domínio da razão todos os casos em que o equilíbrio das faculdades não fosse perfeito e absoluto; 3º, que desse exame e do fato estatístico resultara para ele a convicção de que a verdadeira doutrina não era aquela, mas a oposta, e portanto que se devia admitir como normal e exemplar o desequilíbrio das faculdades, e como hipóteses patológicas todos os casos em que aquele equilíbrio fosse ininterrupto; 4º, que à vista disso, declarava à câmara que ia dar liberdade aos reclusos da Casa Verde e agasalhar nela as pessoas que se achassem nas condições agora expostas; 5º, que, tratando de descobrir a verdade científica, não se pouparia a esforços de toda a natureza, esperando da câmara igual dedicação; 6º, que restituía à câmara e aos particulares a soma do estipêndio recebido para alojamento dos supostos loucos, descontada a parte efetivamente gasta com a alimentação, roupa, etc.; o que a câmara mandaria verificar nos livros e arcas da Casa Verde.

O assombro de Itaguaí foi grande; não foi menor a alegria dos parentes e amigos dos reclusos. Jantares, danças, luminárias, músicas, tudo houve para celebrar tão fausto acontecimento. Não descrevo as festas por não interessarem ao nosso propósito; mas foram esplêndidas, tocantes e prolongadas.

E vão assim as coisas humanas! No meio do regozijo produzido pelo ofício de Simão Bacamarte, ninguém advertia na frase final do § 4º, uma frase cheia de experiências futuras.

XII.
O final do § 4º

A pagaram-se as luminárias, reconstituíram-se as famílias, tudo parecia reposto nos antigos eixos. Reinava a ordem, a câmara exercia outra vez o governo, sem nenhuma pressão externa; o próprio presidente e o vereador Freitas tornaram aos seus lugares. O barbeiro Porfírio, ensinado pelos acontecimentos, tendo "provado tudo", como o poeta disse de Napoleão, e mais alguma coisa, porque Napoleão não provou a Casa Verde, o barbeiro achou preferível a glória obscura da navalha e da tesoura às calamidades brilhantes do poder; foi, é certo, processado; mas a população da vila implorou a clemência de Sua Majestade; daí o perdão. João Pina foi absolvido, atendendo-se a que ele derrocara um rebelde. Os cronistas pensam que deste fato é que nasceu o nosso adágio: — ladrão que furta a ladrão, tem cem anos de perdão; — adágio imoral, é verdade, mas grandemente útil.

Não só findaram as queixas contra o alienista, mas até nenhum ressentimento ficou dos atos que ele praticara; acrescendo que os reclusos da Casa Verde, desde que ele os declarara plenamente ajuizados, sentiram-se tomados de profundo reconhecimento e férvido entusiasmo. Muitos entenderam que o alienista merecia uma especial manifestação, e deram-lhe um baile, ao qual se seguiram outros bailes e jantares. Dizem as crônicas que D. Evarista a princípio tivera a ideia de separar-se do consorte, mas a dor de perder a companhia de tão grande homem venceu qualquer ressentimento de amor-próprio, e o casal veio a ser ainda mais feliz do que antes.

Não menos íntima ficou a amizade do alienista e do boticário. Este concluiu do ofício de Simão Bacamarte que a prudência é a primeira das virtudes em tempos de revolução, e apreciou muito a magnanimidade do alienista que, ao dar-lhe a liberdade, estendeu-lhe a mão de amigo velho.

— É um grande homem, disse ele à mulher, referindo aquela circunstância.

Não é preciso falar do albardeiro, do Costa, do Coelho, do Martim Brito e outros, especialmente nomeados neste escrito; basta dizer que puderam exercer livremente os seus hábitos anteriores. O próprio Martim Brito, recluso por um discurso em que louvara enfaticamente D. Evarista, fez agora outro em honra do insigne médico — "cujo altíssimo gênio, elevando as asas muito acima do sol, deixou abaixo de si todos os demais espíritos da terra".

— Agradeço as suas palavras, retorquiu-lhe o alienista, e ainda me não arrependo de o haver restituído à liberdade.

Entretanto, a câmara, que respondera ao ofício de Simão Bacamarte, com a ressalva de que oportunamente estatuiria em relação ao final do § 4º, tratou enfim de legislar sobre ele. Foi adotada, sem debate, uma postura autorizando o alienista a agasalhar na Casa Verde as pessoas que se achassem no gozo do perfeito equilíbrio das faculdades mentais. E porque a experiência da câmara tivesse sido dolorosa, estabeleceu ela a cláusula, de que a autorização era provisória, limitada a um ano, para o fim de ser experimentada a nova teoria psicológica, podendo a câmara, antes mesmo daquele prazo, mandar fechar a Casa Verde, se a isso fosse aconselhada por motivos de ordem pública. O vereador Freitas propôs também a declaração de que em nenhum caso fossem os vereadores recolhidos ao asilo dos alienados: cláusula que foi aceita, votada e incluída na postura, apesar das reclamações do vereador Galvão. O argumento principal deste magistrado é que a câmara, legislando sobre uma experiência científica, não podia excluir as pessoas dos seus membros das consequências da lei; a exceção era odiosa e ridícula. Mal proferira estas duras palavras, romperam os vereadores em altos brados contra a audácia e insensatez do colega; este, porém, ouviu-os e limitou-se a dizer que votava contra a exceção.

— A vereança, concluiu ele, não nos dá nenhum poder especial nem nos elimina do espírito humano.

Simão Bacamarte aceitou a postura com todas as restrições. Quanto à exclusão dos vereadores, declarou que teria profundo sentimento se fosse compelido a recolhê-los à Casa Verde; a cláusula, porém, era a melhor prova de que eles não padeciam do perfeito equilíbrio das faculdades mentais. Não acontecia o mesmo ao vereador Galvão, cujo acerto na objeção feita, e cuja moderação na resposta dada às invectivas dos colegas mostravam da parte dele um cérebro bem organizado; pelo que, rogava à câmara que lho entregasse. A câmara, sentindo-se ainda agravada pelo proceder do vereador Galvão, estimou o pedido do alienista, e votou unanimemente a entrega.

Compreende-se que, pela teoria nova, não bastava um fato ou um dito, para recolher alguém à Casa Verde; era preciso um longo exame, um vasto inquérito do passado e do presente. O padre Lopes, por exemplo, só foi capturado trinta dias depois da postura, a mulher do boticário quarenta dias. A reclusão desta senhora encheu o consorte de indignação. Crispim Soares saiu de casa espumando de cólera, e declarando às pessoas a quem encontrava que ia arrancar as orelhas ao tirano. Um sujeito, adversário do alienista, ouvindo na rua essa notícia, esqueceu os motivos de dissidência, e correu à casa de Simão Bacamarte a participar-lhe o perigo que corria. Simão Bacamarte mostrou-se grato ao procedimento do adversário, e poucos minutos lhe bastaram para conhecer a retidão dos seus sentimentos, a boa-fé, o respeito humano, a generosidade; apertou-lhe muito as mãos, e recolheu-o à Casa Verde.

— Um caso destes é raro, disse ele à mulher pasmada. Agora esperemos o nosso Crispim.

Crispim Soares entrou. A dor vencera a raiva, o boticário não arrancou as orelhas ao alienista. Este consolou o seu privado, assegurando-lhe que não era caso perdido; talvez a mulher tivesse alguma lesão cerebral; ia examiná-la com muita atenção; mas antes disso não podia deixá-la na rua. E parecendo-lhe vantajoso reuni-los, porque a astúcia e velhacaria do marido poderiam de certo modo curar a beleza moral que ele descobrira na esposa, disse Simão Bacamarte:

— O senhor trabalhará durante o dia na botica, mas almoçará e jantará com sua mulher, e cá passará as noites, e os domingos e dias santos.

A proposta colocou o pobre boticário na situação do **asno de Buridan**. Queria viver com a mulher, mas temia voltar à Casa Verde; e nessa luta esteve algum tempo, até que D. Evarista o

---

Asno de Buridan

O paradoxo do asno de Buridan é sobre o livre-arbítrio. A parábola propõe que um asno morreria de fome e de sede se tivesse que escolher entre um balde contendo aveia e outro cheio de água colocados à mesma distância dele, porém, de lados opostos. Como o paradoxo assume que o asno irá sempre para o que estiver mais próximo, o animal não é capaz de escolher e acaba morrendo. O paradoxo Buridan não consta em nenhuma das obras conhecidas do filósofo francês Jean Buridan (1300 – 1358), embora seja inteiramente consistente com a teoria da liberdade de Buridan. Por outro lado, esse tema aparece em *Do céu*, de Aristóteles.

© Elena Schweitzer/AdobeStock

tirou da dificuldade, prometendo que se incumbiria de ver a amiga e transmitir os recados de um para outro. Crispim Soares beijou-lhe as mãos agradecido. Este último rasgo de egoísmo pusilânime pareceu sublime ao alienista.

Ao cabo de cinco meses estavam alojadas umas dezoito pessoas; mas Simão Bacamarte não afrouxava; ia de rua em rua, de casa em casa, espreitando, interrogando, estudando; e quando colhia um enfermo, levava-o com a mesma alegria com que outrora os arrebanhava às dúzias. Essa mesma desproporção confirmava a teoria nova; achara-se enfim a verdadeira patologia cerebral. Um dia, conseguiu meter na Casa Verde o juiz de fora; mas procedia com tanto escrúpulo, que o não fez senão depois de estudar minuciosamente todos os seus atos, e interrogar os principais da vila. Mais de uma vez esteve prestes a recolher pessoas perfeitamente desequilibradas; foi o que se deu com um advogado, em quem reconheceu um tal conjunto de qualidades morais e mentais, que era perigoso deixá-lo na rua. Mandou prendê-lo; mas o agente, desconfiado, pediu-lhe para fazer uma experiência; foi ter com um compadre, demandado por um testamento falso, e deu-lhe de conselho que tomasse por advogado o Salustiano; era o nome da pessoa em questão.

— Então parece-lhe...?
— Sem dúvida: vá, confesse tudo, a verdade inteira, seja qual for, e confie-lhe a causa.

O Alienista

O homem foi ter com o advogado, confessou ter falsificado o testamento, e acabou pedindo que lhe tomasse a causa. Não se negou o advogado, estudou os papéis, arrazoou longamente, e provou a todas as luzes que o testamento era mais que verdadeiro. A inocência do réu foi solenemente proclamada pelo juiz, e a herança passou-lhe às mãos. O distinto jurisconsulto deveu a esta experiência a liberdade.

Mas nada escapa a um espírito original e penetrante. Simão Bacamarte, que desde algum tempo notava o zelo, a sagacidade, a paciência, a moderação daquele agente, reconheceu a habilidade e o tino com que ele levara a cabo uma experiência tão melindrosa e complicada, e determinou recolhê-lo imediatamente à Casa Verde; deu-lhe, todavia, um dos melhores cubículos.

Os alienados foram alojados por classes. Fez-se uma galeria de modestos, isto é, os loucos em quem predominava esta perfeição moral; outra de tolerantes, outra de verídicos, outra de símplices, outra de leais, outra de magnânimos, outra de sagazes, outra de sinceros, etc. Naturalmente, as famílias e os amigos dos reclusos bradavam contra a teoria; e alguns tentaram compelir a câmara a cassar a licença. A câmara, porém, não esquecera a linguagem do vereador Galvão, e se cassasse a licença, vê-lo-ia na rua, e restituído ao lugar; pelo que, recusou. Simão Bacamarte oficiou aos vereadores, não agradecendo, mas felicitando-os por esse ato de vingança pessoal.

Desenganados da legalidade, alguns principais da vila recorreram secretamente ao barbeiro Porfírio e afiançaram-lhe todo o apoio de gente, dinheiro e influência na corte, se ele se pusesse à testa de outro movimento contra a câmara e o alienista. O barbeiro respondeu-lhes que não; que a ambição o levara da primeira vez a transgredir as leis, mas que ele se emendara, reconhecendo o erro próprio e a pouca consistência da opinião dos seus mesmos sequazes; que a câmara entendera autorizar a nova experiência do alienista, por um ano: cumpria, ou esperar o fim do prazo, ou requerer ao vice-rei, caso a mesma câmara rejeitasse o pedido. Jamais aconselharia o emprego de um recurso que ele viu falhar em suas mãos, e isso a troco de mortes e ferimentos que seriam o seu eterno remorso.

— O que é que me está dizendo? perguntou o alienista quando um agente secreto lhe contou a conversação do barbeiro com os principais da vila.

Dois dias depois o barbeiro era recolhido à Casa Verde. — Preso por ter cão, preso por não ter cão! exclamou o infeliz.

Chegou o fim do prazo, a câmara autorizou um prazo suplementar de seis meses para ensaio dos meios terapêuticos. O desfecho deste episódio da crônica itaguaiense é de tal ordem, e tão inesperado, que merecia nada menos de dez capítulos de exposição; mas contento-me com um, que será o remate da narrativa, e um dos mais belos exemplos de convicção científica e abnegação humana.

XIII.
Plus ultra![27]

Era a vez da terapêutica. Simão Bacamarte, ativo e sagaz em descobrir enfermos, excedeu-se ainda na diligência e penetração com que principiou a tratá-los. Neste ponto todos os cronistas estão de pleno acordo: o ilustre alienista fez curas pasmosas, que excitaram a mais viva admiração em Itaguaí.

Com efeito, era difícil imaginar mais racional sistema terapêutico. Estando os loucos divididos por classes, segundo a perfeição moral que em cada um deles excedia às outras, Simão Bacamarte cuidou em atacar de frente a qualidade predominante. Suponhamos um modesto. Ele aplicava a medicação

---

[27] Lema latino que significa "mais além".

que pudesse incutir-lhe o sentimento oposto; e não ia logo às doses máximas, — graduava-as, conforme o estado, a idade, o temperamento, a posição social do enfermo. Às vezes bastava uma casaca, uma fita, uma cabeleira, uma bengala, para restituir a razão ao alienado; em outros casos a moléstia era mais rebelde; recorria então aos anéis de brilhantes, às distinções honoríficas, etc. Houve um doente, poeta, que resistiu a tudo. Simão Bacamarte começava a desesperar da cura, quando teve ideia de mandar correr matraca, para o fim de o apregoar como um rival de **Garção** e de **Píndaro**.

— Foi um santo remédio, contava a mãe do infeliz a uma comadre; foi um santo remédio.

Outro doente, também modesto, opôs a mesma rebeldia à medicação; mas não sendo escritor (mal sabia assinar o nome), não se lhe podia aplicar o remédio da matraca. Simão Bacamarte lembrou-se de pedir para ele o lugar de secretário da Academia dos Encobertos estabelecida em Itaguaí. Os lugares de presidente e secretários eram de nomeação régia, por especial graça do finado rei D. João V, e implicavam o tratamento de Excelência e o uso de uma placa de ouro no chapéu. O governo de Lisboa recusou o diploma; mas representando o alienista que o não

Garção e Píndaro

Em sua ironia fina, caricaturizando a pretensiosidade dos personagens, Machado compara, ao longo do texto, os itaguaienses a importantes personagens históricos. Pedro António Correia Garção (1724-1772) foi um expoente do neoclassicismo português, e Píndaro (522-443 a.C.), um dos mais célebres poetas líricos gregos.
© Wikimedia.Commons

pedia como prêmio honorífico ou distinção legítima, e somente como um meio terapêutico para um caso difícil, o governo cedeu excepcionalmente à súplica; e ainda assim não o fez sem extraordinário esforço do ministro de marinha e ultramar, que vinha a ser primo do alienado. Foi outro santo remédio.

— Realmente, é admirável! dizia-se nas ruas, ao ver a expressão sadia e enfunada dos dois ex-dementes.

Tal era o sistema. Imagina-se o resto. Cada beleza moral ou mental era atacada no ponto em que a perfeição parecia mais sólida; e o efeito era certo. Nem sempre era certo. Casos houve em que a qualidade predominante resistia a tudo; então, o alienista atacava outra parte, aplicando à terapêutica o método da estratégia militar, que toma uma fortaleza por um ponto, se por outro o não pode conseguir.

No fim de cinco meses e meio estava vazia a Casa Verde; todos curados! O vereador Galvão, tão cruelmente afligido de moderação e equidade, teve a felicidade de perder um tio; digo felicidade, porque o tio deixou um testamento ambíguo, e ele obteve uma boa interpretação, corrompendo os juízes, e embaçando os outros herdeiros. A sinceridade do alienista manifestou-se nesse lance; confessou ingenuamente que não teve parte na cura: foi a simples *vis medicatrix*[28] da natureza. Não aconteceu o mesmo com o padre

---

[28] A expressão latina "*Vis medicatrix naturae*" (literalmente, "o poder curativo da natureza"), atribuída a Hipócrates, encerra um dos princípios fundamentais da medicina hipocrática, o do poder curativo do próprio corpo.

Lopes. Sabendo o alienista que ele ignorava perfeitamente o hebraico e o grego, incumbiu-o de fazer uma análise crítica da **versão dos Setenta**; o padre aceitou a incumbência, e em boa hora o fez; ao cabo de dois meses possuía um livro e a liberdade. Quanto à senhora do boticário, não ficou muito tempo na célula que lhe coube, e onde aliás lhe não faltaram carinhos.

— Por que é que o Crispim não vem visitar-me? dizia ela todos os dias.

Respondiam-lhe ora uma coisa, ora outra; afinal disseram-lhe a verdade inteira. A digna matrona não pôde conter a indignação e a vergonha. Nas explosões da cólera escaparam-lhe expressões soltas e vagas, como estas:

— Tratante!... velhaco!... ingrato!... Um patife que tem feito casas à custa de unguentos falsificados e podres... Ah! tratante!...

Simão Bacamarte advertiu que, ainda quando não fosse verdadeira a acusação contida nestas palavras, bastavam elas para mostrar que a excelente senhora estava enfim restituída ao perfeito desequilíbrio das faculdades; e prontamente lhe deu alta.

Agora, se imaginais que o alienista ficou radiante ao ver sair o último hóspede da Casa Verde, mostrais com isso que ainda não conheceis o nosso homem. *Plus ultra!* era a sua divisa.

Septuaginta Grega

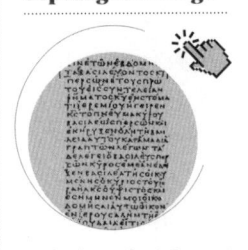

Machado se refere à Septuaginta Grega a mais antiga versão conhecida do Velho Testamento, traduzida do hebreu para o grego, realizada entre os séculos III e I a.C. De acordo com a tradição, o nome Septuaginta se deve à tradução ter sido feita por setenta eruditos judeus.

© Wikimedia Commons

O Alienista

Não lhe bastava ter descoberto a teoria verdadeira da loucura; não o contentava ter estabelecido em Itaguaí o reinado da razão. *Plus ultra!* Não ficou alegre, ficou preocupado, cogitativo; alguma coisa lhe dizia que a teoria nova tinha, em si mesma, outra e novíssima teoria.

— Vejamos, pensava ele; vejamos se chego enfim à última verdade.

Dizia isto, passeando ao longo da vasta sala, onde fulgurava a mais rica biblioteca dos domínios ultramarinos de Sua Majestade. Um amplo chambre de damasco, preso à cintura por um cordão de seda, com borlas de ouro (presente de uma Universidade) envolvia o corpo majestoso e austero do ilustre alienista. A cabeleira cobria-lhe uma extensa e nobre calva adquirida nas cogitações quotidianas da ciência. Os pés, não delgados e femininos, não graúdos e mariolas, mas proporcionados ao vulto, eram resguardados por um par de sapatos cujas fivelas não passavam de simples e modesto latão. Vede a diferença: — só se lhe notava luxo naquilo que era de origem científica; o que propriamente vinha dele trazia a cor da moderação e da singeleza, virtudes tão ajustadas à pessoa de um sábio.

Era assim que ele ia, o grande alienista, de um cabo a outro da vasta biblioteca, metido em si mesmo, estranho a todas as coisas que não fosse o tenebroso problema da patologia cerebral. Súbito, parou. Em pé, diante de uma janela, com o cotovelo esquerdo apoiado na mão direita, aberta, e o queixo na mão esquerda, fechada, perguntou ele a si:

— Mas deveras estariam eles doidos, e foram curados por mim, — ou o que pareceu cura, não foi mais do que a descoberta do perfeito desequilíbrio do cérebro?

E cavando por aí abaixo, eis o resultado a que chegou: os cérebros bem-organizados que ele acabava de curar, eram tão desequilibrados como os outros. Sim, dizia ele consigo, eu não posso ter a pretensão de haver-lhes incutido um sentimento ou uma faculdade nova; uma e outra coisa existiam no estado latente, mas existiam.

Chegado a esta conclusão, o ilustre alienista teve duas sensações contrárias, uma de gozo, outra de abatimento. A de gozo foi por ver que, ao cabo de longas e pacientes investigações, constantes trabalhos, luta ingente com o povo, podia afirmar esta verdade:

— não havia loucos em Itaguaí; Itaguaí não possuía um só mentecapto. Mas tão depressa esta ideia lhe refrescara a alma, outra apareceu que neutralizou o primeiro efeito; foi a ideia da dúvida. Pois quê! Itaguaí não possuiria um único cérebro concertado? Esta conclusão tão absoluta não seria por isso mesmo errônea, e não vinha, portanto, destruir o largo e majestoso edifício da nova doutrina psicológica?

A aflição do egrégio Simão Bacamarte é definida pelos cronistas itaguaienses como uma das mais medonhas tempestades morais que têm desabado sobre o homem. Mas as tempestades só aterram os fracos; os fortes enrijam-se contra elas e fitam o

trovão. Vinte minutos depois alumiou-se a fisionomia do alienista de uma suave claridade.
"Sim, há de ser isso", pensou ele.

Isso é isto. Simão Bacamarte achou em si os característicos do perfeito equilíbrio mental e moral; pareceu-lhe que possuía a sagacidade, a paciência, a perseverança, a tolerância, a veracidade, o vigor moral, a lealdade, todas as qualidades enfim que podem formar um acabado mentecapto. Duvidou logo, é certo, e chegou mesmo a concluir que era ilusão; mas sendo homem prudente, resolveu convocar um conselho de amigos, a quem interrogou com franqueza. A opinião foi afirmativa.

— Nenhum defeito?
— Nenhum, disse em coro a assembleia.
— Nenhum vício?
— Nada.
— Tudo perfeito?
— Tudo.
— Não, impossível, bradou o alienista. Digo que não sinto em mim essa superioridade que acabo de ver definir com tanta magnificência. A simpatia é que vos faz falar. Estudo-me e nada acho que justifique os excessos da vossa bondade.

A assembleia insistiu; o alienista resistiu; finalmente o padre Lopes explicou tudo com este conceito digno de um observador:

— Sabe a razão por que não vê as suas elevadas qualidades, que aliás todos nós admiramos?

É porque tem ainda uma qualidade que realça as outras: — a modéstia.

Era decisivo. Simão Bacamarte curvou a cabeça juntamente alegre e triste, e ainda mais alegre do que triste. Ato contínuo, recolheu-se à Casa Verde. Em vão a mulher e os amigos lhe disseram que ficasse, que estava perfeitamente são e equilibrado: nem rogos nem sugestões nem lágrimas o detiveram um só instante.

— A questão é científica, dizia ele; trata-se de uma doutrina nova, cujo primeiro exemplo sou eu. Reúno em mim mesmo a teoria e a prática.

— Simão! Simão! meu amor! dizia-lhe a esposa com o rosto lavado em lágrimas.

Mas o ilustre médico, com os olhos acesos da convicção científica, trancou os ouvidos à saudade da mulher, e brandamente a repeliu. Fechada a porta da Casa Verde, entregou-se ao estudo e à cura de si mesmo. Dizem os cronistas que ele morreu dali a dezessete meses, no mesmo estado em que entrou, sem ter podido alcançar nada. Alguns chegam ao ponto de conjeturar que nunca houve outro louco, além dele, em Itaguaí; mas esta opinião, fundada em um boato que correu desde que o alienista expirou, não tem outra prova, senão o boato; e boato duvidoso, pois é atribuído ao padre Lopes, que com tanto fogo realçara as qualidades do grande homem. Seja como for, efetuou-se o enterro com muita pompa e rara solenidade.

NOTA DE MACHADO DE ASSIS

> "Não ousava fazer-lhe reproche, porque marido e senhor, mas definhava a olhos vistos. lhe perguntasse o marido respondeu tristemente atreveu-se um pouco, e se considerava tão viúva nenhuma queixa ou respeitava nele o seu padecia calada, e Um dia, ao jantar, como o que é que tinha, que nada; depois foi ao ponto de dizer que como dantes." (p. 41)"

Cerca de dous anos para cá, recebi duas cartas anônimas, escritas por pessoa inteligente e simpática, em que me foi notado o uso do vocábulo *reproche*. Não sabendo como responda ao meu estimável correspondente, aproveito esta ocasião.

Reproche não é galicismo. Nem *reproche* nem *reprochar*. Morais cita, para o verbo, este trecho dos *Inéd.*, II, fl. 259: "hum non tinha que *reprochar* ao outro"; e aponta os lugares de Fernando de Lucena, Nunes de Leão e D. Francisco Manuel de Melo, em que se encontra o substantivo *reproche*. Os espanhóis também o possuem.

Resta a questão de eufonia. *Reproche* não parece malsoante. Tem contra si o desuso. Em todo caso, o vocábulo que lhe está mais próximo no sentido, *exprobração,* acho que é insuportável. Daí a minha insistência em preferir o outro, devendo notar-se que não o vou buscar para dar ao estilo um verniz de estranheza, mas quando a ideia o traz consigo.

MACHADO DE ASSIS
EM IMAGENS

Machado em 1864, aos 25 anos. No detalhe abaixo, a assinatura de Machado de Assis.

A Imprensa Nacional, onde Machado trabalhou como tipógrafo e revisor.

Ministério da Indústria, Viação e Obras Públicas, c. 1890, onde Machado trabalhou.

Machado de Assis aos 35 anos.

A Carolina

Querida, ao pé do leito derradeiro
Em que descansas dessa longa vida,
Aqui venho e virei, pobre querida,
Trazer-te o coração do companheiro.

Pulsa-lhe aquele afeto verdadeiro
Que, a despeito de toda a humana lida,
Fez a nossa existência apetecida
E num recanto pôs o mundo inteiro.

Trago-te flores — restos arrancados
Da terra que nos viu passar unidos
E ora mortos nos deixa e separados.

Que eu, se tenho nos olhos malferidos
Pensamentos de vida formulados,
São pensamentos idos e vividos.

Carolina Augusta Xavier de Novais, esposa de Machado, para quem escreveu o poema "A Carolina".

Machado de Assis aos 57 anos.

Machado de Assis, aos 40 anos, fotografado por Marc Ferrez, em 1890.

A casa do Cosme Velho, onde Machado de Assis e Carolina viveram grande parte da vida.

Machado de Assis em 1904.

Retrato de Machado pelo pintor chileno Henrique Bernardelli, pintado em 1905.

Machado de Assis em sua provável última foto de estúdio, em 1907, aos 67 anos de idade.

Machado de Assis em foto publicada na edição da revista semanal argentina *Caras y Caretas* de 25 de janeiro de 1908, meses antes da morte do escritor.

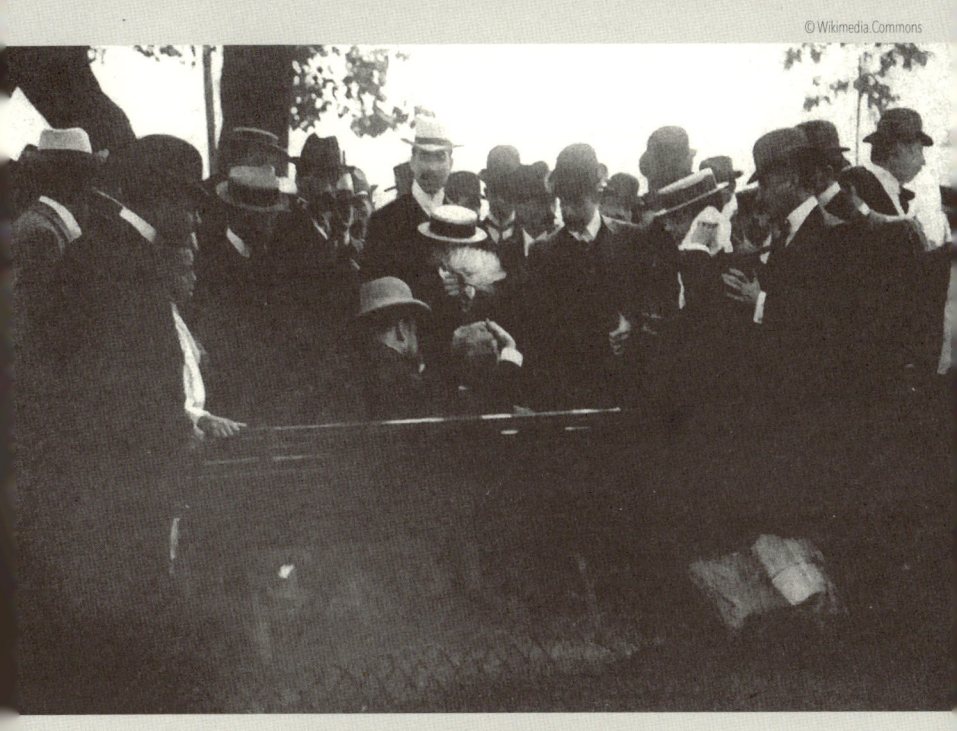

Machado de Assis tendo um ataque epilético
em retrato de Augusto Malta de 1907.

Intelectuais, estudantes, amigos e admiradores, entre eles Euclides da Cunha,
levam o caixão de Machado até o Cemitério São João Batista.

ADAPTAÇÕES DA OBRA DE MACHADO DE ASSIS

CAPITU (2018), TV GLOBO
A série acompanha a história de Dom Casmurro (Michel Melamed), o Bentinho, que narra sua belíssima história de amor com Capitu (Maria Fernanda Cândido e Letícia Persiles). Quando novo, Bentinho (César Cardadeiro) criou um delicioso e verdadeiro amor por sua vizinha e amiga de infância, Capitu, uma belíssima jovem que despertava as atenções dos outros. Filho de uma mãe viúva, Dona Glória (Eliane Giardini), ele sofre com uma promessa feita pela mãe ainda antes de nascer, e precisa lutar contra as imposições que a promessa e José Dias (Antônio Karnewale), um agregado da família, lhe impuseram para conseguir viver o amor ao lado de Capitu.

2008 / 45 min. / Drama, Romance
Criada por: Euclydes Marinho
Elenco: Maria Fernanda Cândido, Michel Melamed, Letícia Persiles
Nacionalidade: Brasil

Aponte a câmera do celular para o QR Code ao lado e assista.

Baseada no romance *Dom Casmurro*, de Machado de Assis, a minissérie mostra duas fases do romance entre Capitolina, a Capitu (Letícia Persiles), e Bento Santiago, o Bentinho (César Cardadeiro) e depois, já adultos, traz o ciúme que Bento (Michel Melamed), formado em direito e casado com Capitu (Maria Fernanda Cândido), passa a ter da esposa e seu melhor amigo Escobar (Pierre Baitelli).

A minissérie traz a história dos personagens principais desde a adolescência, quando Bentinho, filho de uma mãe viúva, dona Glória (Eliane Giardini), sofre com uma promessa feita pela mãe antes de nascer, e luta contra as imposições dessa promessa para viver o amor ao lado de Capitu.

MYTIKAH – O LIVRO DOS HERÓIS / INFANTIL (2020), TV BRASIL
Mytikah aparece para contar a história de Machado de Assis quando Leco não consegue dormir. As crianças conhecem o escritor jovem e são apresentadas a seus personagens, depois o ajudam a criar uma história nova e até conquistam a relíquia do herói.

Aponte a câmera do celular para o QR Code ao lado e assista.

O Alienista

NOS TEMPOS DO IMPERADOR (2021), TV GLOBO
O ator Renan Monteiro viveu Machado de Assis na novela da TV Globo.

Aponte a câmera do celular para o QR Code ao lado e leia a matéria.

ALCIDES VILLAÇA FALA SOBRE MACHADO DE ASSIS PARA A TV BRASIL (CONTEÚDO EXCLUSIVO WEB), 2020
Alcides Villaça fala sobre a obra machadiana e *Memórias Póstumas de Brás Cubas* para comemorar o Dia do Escritor. Villaça é poeta, ensaísta e crítico literário brasileiro, professor da USP (Universidade de São Paulo) e pesquisador da obra de Machado de Assis.

Aponte a câmera do celular para o QR Code ao lado e assista à entrevista completa para o Repórter Brasil.

O ALIENISTA, POR PORTINARI

Candido Portinari ilustrou, em 1946, a obra *O alienista* em uma edição especial do livro da Imprensa Nacional, com tiragem de 100 exemplares.

Título: Simão Bacamarte
1946 • Rio de Janeiro
Dimensões físicas:
17x24.5cm sem moldura

BANCO CENTRAL HOMENAGEOU MACHADO DE ASSIS EM UMA CÉDULA DE MIL CRUZADOS

Cédula Brasil Fe 1.000 Cruzados 1988 Machado De Assis C194 FE - Moeda Rara Numismática
Na nota há um trecho do capítulo O Aposentado, da obra *Esaú e Jacó*.
"Viverei com o Catete, o Largo do Machado, a Praia de Botafogo e a do Flamengo, não falo das pessoas que lá moram, mas das ruas, das casas, dos chafarizes e das lojas. Lá os meus pés andam por si. Há ali coisas petrificadas e pessoas imortais."

127

AS OBRAS DE MACHADO DE 1881 A 1908

FASE ROMÂNTICA

Ressurreição (1872) • A mão e a luva (1874) • Helena (1876) • Iaiá Garcia (1878) • Casa Velha (1885) Esaú e Jacó (1904) • Memorial de Aires (1908)

FASE REALISTA

Memórias Póstumas de Brás Cubas (1881) • Quincas Borba (1891) • Dom Casmurro (1899)

Coletânea de Poesias

Crisálidas (1864)
Falenas (1870)
Americanas (1875)
Ocidentais (1901)
Poesias Completas (1901)

Coletânea de contos

Contos Fluminenses (1870)
Histórias da Meia-Noite (1873)
Papéis Avulsos (1882)
Histórias sem Data (1884)
Várias Histórias (1896)
Páginas Recolhidas (1899)
Relíquias de Casa Velha (1906)

Peças de teatro

Hoje Avental, Amanhã Luva (1860)
Desencantos (1861)
O Caminho da Porta (1863)
O Protocolo (1863)
Quase Ministro (1864)
As Forcas Caudinas (1865/1956)
Os Deuses de Casaca (1866)
Tu, só tu, puro amor (1880)
Não Consultes Médico (1896)
Lição de Botânica (1906)

Contos selecionados

A Cartomante
Miss Dollar
O Alienista
Teoria do Medalhão
A Chinela Turca
O Segredo do Bonzo
Capítulo dos Chapéus
A Sereníssima República
O Espelho
A Causa Secreta
Uma Visita de Alcibíades
Pai contra Mãe
Um Homem Célebre
Uns Braços
O Enfermeiro
Trio em Lá Menor
O Caso da Vara
Missa do Galo
Almas Agradecidas
A Igreja do Diabo

Obras póstumas

Critica (1910)
Outras Relíquias, contos (1921)
A Semana, Crônica – 3º Vol. (1914, 1937)
Páginas Escolhidas, Contos (1921)
Novas Relíquias, Contos (1932)
Crônicas (1937)
Contos Fluminenses – 2º Vol. (1937)
Crítica Literária (1937)
Crítica Teatral (1937)
Histórias Românticas (1937)
Páginas Esquecidas (1939)
Casa Velha (1944)
Diálogos e Reflexões de um Relojoeiro (1956)
Crônicas de Lélio (1958)

MACHADO DE ASSIS NA SALA DE AULA

Marcella Abboud

O CONTEXTO DE PRODUÇÃO

Machado de Assis era um homem do seu tempo. É recorrente que, ao mencionarmos a genialidade de um autor, a expressão *estar à frente do seu tempo* seja vista como elogiosa, afinal, em certa medida, pressupõe a antecipação de problemáticas futuras, atribuindo ao autor um aspecto visionário. Contudo, é preciso ainda mais brilhantismo para ser um homem do seu próprio tempo, capaz de compreender os fenômenos sociais à medida que eles acontecem, propiciando ao leitor um retrato complexo e contemporâneo da realidade. Mais que isso: a partir da realidade temporal vivida, ser capaz de transformá-la em material literário passível de ser articulado de tal maneira que atinja leitores de diversas partes do mundo ao longo de muitas gerações.

É aqui que se encontra Joaquim Maria Machado de Assis, escritor que se tornou o grande nome da literatura brasileira justamente por ser capaz de reproduzir, em seu extenso legado literário, ao mesmo tempo, as nuances temporais do século XIX e sofrimentos humanos atemporais. Não à toa, transformou-se em um grande clássico e passou a ser traduzido mundo afora.

Tal brincadeira linguística com ser/ estar do/ no tempo também não escapou ao escritor carioca. Conta-nos o crítico Roberto Schwarz que, para Machado, essa junção era mais do que necessária, afinal poderia o escritor ser tanto do seu tempo quanto do seu país "ainda quando trate de assuntos remotos no tempo e no espaço".

Esse feito não se restringe ao campo ético, com temáticas que atravessam discussões filosóficas, sociais e culturais; mas também possui uma importante dimensão estética, uma vez que a fortuna literária do autor perpassa diferentes gêneros literários, da poesia ao romance, passando pelos contos que produziu em larga escala e pelas crônicas publicadas no *Gazeta de Notícias*.

Além de um escritor incomparável, Machado de Assis era um leitor voraz, cujo vasto repertório cultural transforma-se em matéria implícita e explícita de intertextualidade.

Assis, vale destacar, é também o autor responsável pela obra considerada marco inicial do Realismo no Brasil, *Memórias Póstumas de Brás Cubas*, publicada em 1881. Muito embora sua produção com elementos que dialogam com o Romantismo também seja expressiva, é na estética realista que Machado de Assis imprime com maior ênfase seu estilo pessoal, marcado por ironias aguçadas, digressões muito bem costuradas e um humor refinado em constante diálogo com seu leitor. Isso não significa, contudo, que o próprio Machado de Assis não fosse, também, crítico do Realismo e do caldo cultural que compunha essa época. Na realidade, é com elas que ele constantemente se põe em diálogo — não raras vezes, satirizando —, inclusive na obra *O Alienista*. Vejamos alguns dos principais movimentos sociais, culturais e teóricos que movimentaram o século XIX.

> Na realidade, é com elas que ele constantemente se põe em diálogo — não raras vezes, satirizando —, inclusive na obra *O Alienista*. Alguns dos principais movimentos sociais, culturais e teóricos que movimentaram o século XIX foram: o Positivismo de Auguste Comte; o Evolucionismo de Charles Darwin; o Determinismo de Hippolyte Taine e o Socialismo Científico de Marx e Engels.

VAMOS NOS APROFUNDAR NO FAMOSO CONTO *O ALIENISTA*

A OBRA

Um conto é um texto narrativo de estrutura muito peculiar, uma vez que se resume em um único conflito, em torno do qual margeiam as poucas personagens que o compõem. Embora dividido em capítulos e mais longo, a centralidade da ação permite classificar *O Alienista* como conto e não novela, mas tal classificação não encontra consenso entre os críticos. Vale destacar, todavia, que Machado de Assis é inegavelmente um dos maiores contistas da literatura latino-americana e

O Alienista

dominava com maestria o gênero, sabendo usufruir de sua concisão sem perder de vista as análises psicológicas que lhe são características.

Publicado pela primeira vez em 1882, *O Alienista* narra a trajetória do Dr. Simão Bacamarte na cidade de Itaguaí, de sua ascensão como alienista* na criação da Casa Verde à sua morte, depois de ele se internar como louco. Satírico do início ao fim, é um epítome da ironia de Machado de Assis que, via caricatura, veste seu protagonista de todos os clichês cientificistas e racionalistas do século XIX. Machado era hábil na escolha dos nomes de seus personagens, os quais carregavam, com frequência, uma dose de ironia crítica. Bacamarte, por exemplo, é nome de uma arma de fogo de cano curto que circulava muito à época. Por que Machado de Assis atribuiria a seu protagonista o nome de uma arma de fogo? Vejamos.

Na história, dividida em treze capítulos e narrada por narrador onisciente, Simão Bacamarte funda a Casa Verde, lugar onde — de maneira absolutamente autoritária, mas travestida de um suposto rigor científico — prende aqueles que considerava loucos. Os primeiros internos eram os loucos de comportamentos inusitados, mas toda e qualquer ação que fugisse do controle mínimo do que era considerado normal passa a ser motivo de internação — uma das internas teria sido encerrada dentre os portões da Casa Verde por ajudar uma pessoa com necessidade, e o normal, aponta Bacamarte, não é a generosidade tamanha. O autoritarismo violento e rompante de Bacamarte (daí seu elemento bélico e mortal do nome) atinge nível tão alarmante que mobiliza uma rebelião liderada pelo barbeiro Porfírio — cujo apelido era Canjica. O movimento ficou conhecido como "Revolta dos Canjicas". A rebelião não comove Bacamarte, e Porfírio, que tinha claras pretensões políticas, resolve se aliar a Bacamarte. As internações, contudo, seguiam acontecendo, até que outro barbeiro da cidade, João Pina, organiza outra rebelião para depor Simão Bacamarte e Porfírio. Numa passagem da obra, até mesmo dona Evarista, mulher do Alienista, é internada. Tudo porque tinha tido uma noite maldormida.

Quando quase toda a cidade estava internada, em um rompante, Simão resolve voltar atrás e liberar todos os internos, com a premissa de que compreendera mal sua própria teoria. Não contente com o resultado, retoma seu furor científico, e com uma nova teoria, recomeça a internar as pessoas. Mais uma

---
* Médico especialista em doenças mentais.

vez reconhece sua falha e prende a si próprio, certo de se fazer objeto do seu próprio estudo. Preso na Casa Verde, morre meses depois.

Uma personagem interessante é D. Evarista, a mulher de Simão Bacamarte. Sua escolha de casamento é, aos olhos do narrador, uma decisão científica: Simão Bacamarte crê que ela poderia lhe render bons filhos. A ironia, contudo, é que Simão Bacamarte e D. Evarista nem sequer têm filhos. O casamento é descrito como se estivesse ruindo, de forma proporcional ao crescimento do intento científico de Bacamarte. Até que, quando o furor do marido começou a parecer exagerado, D. Evarista cogita opor-se a ele. Seu momento de resposta dura pouco, e ela desiste, porque a Casa Verde rendia-lhe uma vida de luxo e ela poderia viajar ao Rio de Janeiro, como tanto sonhara. Tempos depois, ironicamente, seu apego ao luxo em uma noite insone faz com o que o próprio marido a interne.

Outras duas figuras fundamentais da obra são Crispim Soares, o boticário, que nutria forte admiração por Simão Bacamarte e o bajulava frequentemente, mas o abandona no momento de sua queda; e Porfírio, o líder da revolução contra a Casa Verde e que se corrompe logo após vencer o despotismo de Bacamarte, tornando-se déspota também. Há uma crítica evidente de Machado ao autoritarismo em diversas ordens, seja no que diz respeito às decisões de Bacamarte — cujos critérios de internação são absurdos —, seja pela alternância de poder via rebeliões — a dos Canjicas, liderada por Porfírio — e aquela que derruba Porfírio, liderada por João Pina.

Além disso, dois outros alvos são violentamente atacados por Assis: a corrupção, que a tudo toma e verte em autoritarismo, e o Positivismo, que transforma a complexa humanidade em leituras simplistas com ares de ciência.

Por fim, vale destacar a observação de Antonio Candido sobre o que ele denomina como uma das "obsessões fundamentais de Machado de Assis", a temática da perfeição e a distinção entre o real e o imaginário:

> Surge então a pergunta: se a fantasia funciona como realidade; se não conseguimos agir senão mutilando o nosso eu; se o que há de mais profundo em nós é no fim das contas a opinião dos outros; se estamos condenados a não atingir o que nos parece realmente valioso — qual a diferença entre o bem e o mal, o justo e o injusto, o certo e o errado?[29]

---

[29] CANDIDO, Antonio (1968). *Vários Escritos*. São Paulo: Livraria Duas Cidades, 1970. p. 27.

Tal obsessão aparece sob a dicotomia do louco e do são em *O Alienista* e tem especial destaque ao final do conto: se todos eram sãos, restava a Bacamarte ser louco. E seu desejo de compreender a loucura era tamanho, que o fazia capaz de internar a si próprio. Os limites do que é ou não é normal, ainda que sob o viés do humor e da ironia ácida, são expostos ao leitor como uma problemática ética importante.

O ALIENISTA NAS PROVAS DE VESTIBULAR

Machado de Assis é um escritor que tem sido cobrado há muitos anos nas provas em todo o país, seja como parte na lista de obras obrigatórias, ou como parte do conteúdo comum de Literatura em Língua Portuguesa. O motivo é evidente, afinal o autor é um dos maiores — senão o maior — nome da literatura brasileira.

Repleta de aspectos muito ricos, a obra permite várias abordagens, além, é claro, do próprio enredo. Mencionaremos aqui alguns pontos que merecem destaque:

- O uso de figuras de linguagem, em geral, tem sido alvo de interesse no campo de análise semântica, mas com especial atenção à **ironia**, muito singular, criada pelo autor e que, no caso de *O Alienista*, sustenta toda a narrativa.

- O uso da **linguagem** como forma de demarcação da personalidade e do comportamento das personagens. Simão Bacamarte é um locutor muito rebuscado, cuja linguagem, prenhe de elementos científicos, é, em si, uma crítica ao processo realista-naturalista de compreender o mundo pela lente positivista.

- A temática da **loucura** e a crítica à sociedade que impõe regras à população, mas cujo interesse se pauta no domínio pela exclusão. Especialmente depois da publicação do filósofo francês Michel Foucault sobre a *História da Loucura*, em 1961, a compreensão da criação de preceitos do que seja normal e anormal como forma de dominação ganhou ainda mais espaço. Quase um século antes, a crítica de Machado de Assis, por vias literárias, já previa a problemática.

- A crítica ao **Positivismo**, desenvolvido por Comte, mas amplamente explorado pelos autores realistas-naturalistas, em especial na segunda metade do século XIX, de forma que inúmeras formas de violência, discriminação e subjugação fossem disfarçadas sob a égide de uma linguagem supostamente técnica de uma pseudociência que adquiria ares de verdade absoluta. Essa crítica é latente quando a figura do padre, em *O Alienista*, é a figura da temperança, da razoabilidade — embora não da bondade, vale destacar. A ironia é justamente porque o pensamento positivista supostamente suplantava o misticismo nada preciso da religião.

EXERCÍCIOS DE MÚLTIPLA ESCOLHA COMENTADOS

TEXTO PARA AS QUESTÕES 1 A 3.

VIOLÊNCIA E PSIQUIATRIA

O tipo de violência que aqui considerarei pouco tem a ver com pessoas que utilizam martelos para golpear a cabeça de outras, nem se aproximará muito do que se supõe façam os doentes mentais. Se se quer falar de violência em psiquiatria, a violência que brada, que se proclama em tão alta voz que raramente é ouvida, é a sutil, tortuosa violência perpetrada pelos outros, pelos "sadios" contra os rotulados de "loucos". Na medida em que a psiquiatria representa os interesses ou pretensos interesses dos sadios, podemos descobrir que, de fato, a violência em psiquiatria é sobretudo a violência da psiquiatria. Quem são porém as pessoas sadias? Como se definem a si próprias? As definições de saúde mental propostas pelos especialistas ou estabelecem a necessidade do conformismo a um conjunto de normas sociais arbitrariamente pressupostas, ou são tão convenientemente gerais — como, por exemplo, "a capacidade de tolerar conflitos" — que deixam de fazer sentido. Fica-se com a lamentável reflexão de que os sadios serão, talvez, todos aqueles que não seriam admitidos na enfermaria de observação psiquiátrica. Ou seja, eles se definem pela ausência de certa experiência. Sabe-se, porém, que os nazistas asfixiaram com gás dezenas de milhares de doentes mentais, assim como dezenas de milhares de outros tiveram seus cérebros mutilados ou danificados por sucessivas séries de choques elétricos: suas personalidades foram deformadas, de modo sistemático, pela institucionalização psiquiátrica. Como podem fatos tão concretos emergir na base da ausência de uma negatividade — a compulsiva não loucura dos sadios? **De fato, toda a área de definição de sanidade mental e loucura é tão confusa, e os que se arriscam dentro dela são tão aterrorizados pela ideia do que possam encontrar, não só nos "outros" como também em si mesmos, que se deve considerar seriamente a renúncia ao projeto.**

DAVID COOPER
Adaptado de *Psiquiatria e antipsiquiatria*. São Paulo: Perspectiva, 1967.

1. (UERJ 2019) O ensaio do médico David Cooper, publicado em 1967, e "O alienista", de 1882, questionam a psiquiatria com argumentos semelhantes, embora com tipos de textos distintos. Esses textos possuem os seguintes traços que os distinguem, respectivamente:

(A) descrição e teorização
(B) argumentação e narração
(C) ambiguidade e causalidade
(D) particularização e generalização

RESOLUÇÃO:
O texto de Cooper é um texto de cunho argumentativo, enquanto o conto de Machado é um texto eminentemente narrativo.
Resposta: B

2. (UERJ 2019) Ao final do texto "Violência e psiquiatria" (trecho em negrito), David Cooper introduz um comentário a respeito da fronteira entre sanidade e loucura. Esse comentário dialoga com questão fundamental de "O alienista", apresentada no seguinte trecho:

(A) Os loucos por amor eram três ou quatro, mas só dous espantavam pelo curioso do delírio. (capítulo II)
(B) A vila inteira ficou abalada com a notícia de que a própria esposa do alienista fora metida na Casa Verde. (capítulo X)
(C) Não só findaram as queixas contra o alienista, mas até nenhum ressentimento ficou dos atos que ele praticara. (capítulo XII)
(D) Alguns chegam ao ponto de conjecturar que nunca houve outro louco, além dele, em Itaguaí. (capítulo XIII)

RESOLUÇÃO:
A passagem em que fica evidente que a dúvida de Simão Bacamarte sobre a própria loucura dialoga com o trecho, pois evidencia a possibilidade de ver a loucura "não só nos outros", é a alternativa D.
Resposta: D

O Alienista

3. (UERJ 2019) No início do capítulo I, o médico Simão Bacamarte explica que se casou com D. Evarista porque ela "estava assim apta para dar-lhe filhos robustos, sãos e inteligentes", mas logo em seguida observa que ela "não lhe deu filhos robustos nem mofinos".

As duas informações do personagem anunciam para o leitor o seguinte tom predominante da narrativa:

(A) irônico
(B) trágico
(C) apelativo
(D) melancólico

RESOLUÇÃO:
A ideia de negar o que foi dito, em oposição, é uma estratégia que revela a ironia de Machado de Assis.

Resposta: A

TEXTO PARA AS QUESTÕES 4 E 5.

Mas o ilustre médico, com os olhos acesos da convicção científica, trancou os ouvidos à saudade da mulher, e brandamente a repeliu. Fechada a porta da Casa Verde, entregou-se ao estudo e à cura de si mesmo. Dizem os cronistas que ele morreu dali a dezessete meses, no mesmo estado em que entrou, sem ter podido alcançar nada. Alguns chegam ao ponto de conjeturar que nunca houve outro louco além dele em Itaguaí; mas esta opinião, fundada em um boato que correu desde que o alienista expirou, não tem outra prova senão o boato; e boato duvidoso, pois é atribuído ao padre Lopes, que com tanto fogo realçara as qualidades do grande homem. Seja como for, efetuou-se o enterro com muita pompa e rara solenidade.

ASSIS, Machado de. *O Alienista*. 9. ed. São Paulo: Ática, 1992. p. 55

4. (INÉDITO) A "convicção científica" mencionada no texto é um dos principais alvos de Machado de Assis na mordaz crítica que constrói com *O Alienista*. Ela se refere principalmente:

a) Ao ideário antirromântico crítico à burguesia.
b) Ao cientificismo que se propõe como verdade absoluta.

c) Ao socialismo científico e à quebra de padrões de classe.
d) Ao nacionalismo romântico e ufanista.
e) Ao determinismo e suas implicações de raça.

RESOLUÇÃO:
O Positivismo do século XIX deu origem a muitas pseudociências e a um furor cientificista que caracteriza a personagem Simão Bacamarte.
Resposta: B

5. (INÉDITO) Acerca do fragmento, é correto afirmar:

a) A busca por curar a si mesmo foi uma tentativa de Simão Bacamarte de fugir da perseguição que sofrera.
b) O enterro com muita pompa indica o respeito que a população de Itaguaí nutria pelo alienista.
c) O padre, como pressupõe o excerto, seria incapaz de criar um boato sobre Simão Bacamarte.
d) Compreender a si próprio como aquele que deve ser curado é a ironia central que finaliza o conto.
e) Simão Bacamarte falecera após a reunião dos Canjicas, liderada por Porfírio.

RESOLUÇÃO:
A ironia central do conto de Machado é justamente o alienista enxergar a si próprio como louco e optar por internar a si mesmo, depois de ter internado a cidade inteira.
Resposta: D

EXERCÍCIOS ANALÍTICOS COMENTADOS

1. (UERJ 2019 — Adaptado) Em 1879, Machado de Assis escreve o artigo "A nova geração", no qual sustenta a tese de que o Realismo "não presta para nada". "O alienista", por sua vez, expõe essa mesma tese sob a forma ficcional, a partir de uma caricatura.

a) Explique a caricatura presente no conto e a qual personagem se refere.

b) Além de se opor ao cientificismo dogmático do século XIX, "O alienista" também põe em xeque práticas de outros grupos da sociedade da época. Identifique tal grupo.

RESOLUÇÃO:

a) A caricatura é o próprio Simão Bacamarte, que representa o Positivismo e o autoritarismo, já que, com a desculpa de fazer ciência, o alienista interna, a seu bel-prazer, a cidade quase toda.

b) Os políticos, os quais, a depender do interesse, apoiam ou combatem decisões autoritárias, ou fazem rebeliões contra uma figura de poder e instauram, no lugar, um novo autoritarismo — igualmente opressor e violento.

2. (UERJ 2019 — Adaptado) "A loucura, objeto dos meus estudos, era até agora uma ilha perdida no oceano da razão; começo a suspeitar que é um continente." (capítulo IV)

a) Explique como a temática da loucura é o fio condutor da narrativa em *O Alienista*.

b) Ao definir o campo de seu objeto de estudos, o alienista recorre a uma figura de linguagem. Identifique-a.

RESOLUÇÃO:

a) A loucura é o que, supostamente, Simão Bacamarte deseja combater. Para isso, ele cria uma metodologia própria, pautada em saberes pseudocientíficos, e encarcera quase toda a cidade. Ao final, contudo, ele percebe que seu método terapêutico não tinha respaldo como compreendia, desiste de internar os outros e interna a si próprio, num suspiro último de compreensão da loucura.

b) É uma metáfora.

3. (CMMG — Adaptado) "Dois dias depois o barbeiro era recolhido à Casa Verde. — Preso por ter cão, preso por não ter cão! exclamou o infeliz."

ASSIS, Machado de. *O Alienista*. S.P.: Ática, 2004. p. 44

a) Explique a frase do barbeiro Porfírio dentro do contexto do conto.

b) Porfírio, o barbeiro, é também um alvo importante de crítica da obra de Machado e representa uma classe social. Identifique-a e relacione com o enredo do conto.

RESOLUÇÃO:

a) Porfírio havia sido trancafiado no hospício por ter organizado uma rebelião. Depois de solto, na ocasião de uma segunda rebelião (liderada por João Pina) foi novamente considerado digno de nova internação.

b) Porfírio representa a classe política. O fato de ter liderado uma rebelião contra Bacamarte para, logo em seguida, unir-se a ele, evidencia como o desejo e a gana pelo poder suplantam sua suposta convicção e defesa do bem social.

---

4. (INÉDITA) Leia o excerto a seguir, de *O Alienista*, publicado entre 1881 e 1882, por Machado de Assis.

Mas o ilustre médico, com os olhos acesos da convicção científica, trancou os ouvidos à saudade da mulher, e brandamente a repeliu. Fechada a porta da Casa Verde, entregou-se ao estudo e à cura de si mesmo. Dizem os cronistas que ele morreu dali a dezessete meses, no mesmo estado em que entrou, sem ter podido alcançar nada. Alguns chegam ao ponto de conjeturar que nunca houve outro louco além dele em Itaguaí; mas esta opinião, fundada em um boato que correu desde que o alienista expirou, não tem outra prova senão o boato; e boato duvidoso, pois é atribuído ao Padre Lopes, que com tanto fogo realçara as qualidades do grande homem. Seja como for, efetuou-se o enterro com muita pompa e rara solenidade.

ASSIS, Machado de. *O Alienista*. 9. ed. São Paulo: Ática, 1992. p. 55

a) No excerto lido, há expressões que se opõem ao rigor científico, usadas para se referir justamente ao protagonista médico. Transcreva uma delas.

b) Itaguaí, para muitos críticos do conto machadiano, funcionaria como uma espécie de microcosmos da realidade. Explique essa afirmação.

RESOLUÇÃO:

a) "dizem os cronistas"; "fundada em um boato"; "chegam ao ponto de conjeturar".

b) Considera-se Itaguaí um microcosmos por ser, de maneira metafórica, representativa da realidade social, afinal, os personagens representam comportamentos sociais: o autoritarismo, a corrupção, o deslumbramento pelo dinheiro; além disso, todas as relações sociais são pautadas por interesses.

---

5. Leia o excerto para responder à questão.

D. Evarista mentiu às esperanças do Dr. Bacamarte, não lhe deu filhos robustos nem mofinos. A índole natural da ciência é a longanimidade; o nosso médico esperou três anos, depois quatro, depois cinco. Ao cabo desse tempo fez um estudo profundo da matéria, releu todos os escritores árabes e outros, que trouxera para Itaguaí, enviou consultas às universidades italianas e alemãs, e acabou por aconselhar à mulher um regime alimentício especial. A ilustre dama, nutrida exclusivamente com a bela carne de porco de Itaguaí, não atendeu às admoestações do esposo; e à sua resistência, — explicável mas inqualificável, — devemos a total extinção da dinastia dos Bacamartes.

Mas a ciência tem o inefável dom de curar todas as mágoas; o nosso médico mergulhou inteiramente no estudo e na prática da medicina. Foi então que um dos recantos desta lhe chamou especialmente a atenção, — o recanto psíquico, o exame da patologia cerebral. Não havia na colônia, e ainda no reino, uma só autoridade em semelhante matéria, mal explorada, ou quase inexplorada. Simão Bacamarte compreendeu que a ciência lusitana, e particularmente a brasileira, podia cobrir-se de "louros imarcescíveis", — expressão usada por ele mesmo, mas em um arroubo de intimidade doméstica; exteriormente era modesto, segundo convém aos sabedores.

ASSIS, Machado de. *O Alienista*. São Paulo: Ática, 1982, pp. 9-10.

a) Não só nas ações, mas também na linguagem rebuscada, Simão Bacamarte reproduz seu apego ao cientificismo. Transcreva uma expressão que confirme isso.

b) *Desde o início do conto, fica evidente que o saber científico de Simão Bacamarte não tem efeitos práticos como o esperado.* Explique, a partir do excerto lido, essa afirmação.

RESOLUÇÃO:
a) Algumas opções "longanimidade"; "regime alimentício"; "exame da patologia cerebral"; "louros imarcescíveis".

b) Bacamarte não consegue resolver, mesmo consultando toda literatura científica disponível no mundo, a esterilidade da própria esposa.

CONHECENDO MACHADO DE ASSIS E O *ALIENISTA* ATRAVÉS DE UMA VIDEOAULA

Aponte a câmera do celular para o QR Code a seguir e assista ao vídeo que preparamos especialmente para você!

REFERÊNCIAS BIBLIOGRÁFICAS

AGUIAR E SILVA, Vítor Manuel de. *Teoria da Literatura.* Coimbra: Livraria Almedina, 1992.

ASSIS, Machado de. *O Alienista.* São Paulo: Ática, 1982.

BOOK REVIEWS. *'The Alienist' by Machado de Assis – The Out-of-Control Psychiatrist.* https://anokatony.wordpress.com/2018/08/08/the-alienist-by-machado-de-assis-the-out-of-control-psychiatrist/. Acesso em: 13 fev. 2021.

CANDIDO, Antonio (1968). *Vários Escritos.* São Paulo: Livraria Duas Cidades, 1970.

DEL PINO, Dino. *The alienist: madness, science and parody.* Disponível em: https://www.researchgate.net/publication/305230189_O_alienista_loucura_ciencia_e_parodia/fulltext/5b1e784845851587f2a01de3/O-alienista-loucura-ciencia-e-parodia.pdf. Acesso em: 15 fev. 2021

MOISÉS, Massaud. *História da literatura brasileira, volume II – Realismo e Simbolismo.* São Paulo: Cultrix, 2001.

SCHWARZ, Roberto. *Um mestre na periferia do capitalismo: Machado de Assis.* São Paulo: Editora 34, 2000.

TENNANT, J.S. *The alienist, Machado de Assis review.* Disponível em: https://www.theguardian.com/books/2012/dec/23/alienist-machado-de-assis-review. Acesso em: 13 fev. 2021

**Acreditamos
nos livros**

Este livro foi composto em Eskorte Latin
e impresso pela Geográfica para a Editora
Planeta do Brasil em setembro de 2022.